INSTAGRAMMABLE

De la même auteure aux éditions Grasset

NOS RENDEZ-VOUS, *roman*, 2020.

ÉLIETTE ABÉCASSIS

INSTAGRAMMABLE

roman

BERNARD GRASSET
PARIS

Nekfeu avec Nemir, « Princesse », paroles de Nekfeu, in *Feu*, Seine Zoo, Polydor, Universal, 2015.

Orelsan avec Ibeyi, « Notes pour trop tard », paroles de Naomi Diaz, Skread, Orelsan, Lisa Diaz, in *La fête est finie*, 7th Magnitude, Warner Chappell Music France, Together Records, Universal Publishing, 2017.

Damso, « 911 », paroles de William Kalubi, in *QALF*, Trente-quatre Centimes, 2020.

Nekfeu avec Vanessa Paradis, « Dans l'univers », paroles de Nekfeu et Hugz Hefner, in *Les étoiles vagabondes*, Seine Zoo, Polydor, Universal, 2019.

Soprano, « Mon précieux », paroles de Soprano et Djaresma, in *L'Everest*, Rec. 1183, Warner, 2016.

Orelsan, « San », paroles de Skread et Orelsan, in *La fête est finie*, 7th Magnitude, Warner Chappell Music France, Together Records, Universal Publishing, 2017.

Photo de la jaquette : © Getty images

ISBN 978-2-246-82479-4

À Capucine, ma star

1.

Sacha sort de chez elle, son téléphone dans la main, son sac de classe à l'épaule. À 8 h 15, la ville s'éveille. Les parents emmènent leurs enfants à l'école, le garçon de café sert les clients pressés au comptoir, un camion lave les trottoirs à grands jets. Près de la Seine, les feuilles des arbres s'agitent, le bleu du ciel, déchiré de nuages, illumine cette journée printanière et soudain Paris renaît. Mais Sacha ne voit pas le paysage, ni le ciel, ni les nuages, elle ignore les trottinettes qui la frôlent lorsqu'elle traverse la rue, elle n'entend pas les cris, ni les rires, ni les bruits de la ville le matin, ne sent pas la douce odeur des boulangeries, ni celle, âcre, des pots d'échappement, elle ne sait pas le rythme des saisons, ne reconnaît aucun arbre, aucune fleur. Les yeux rivés sur son portable, ses AirPods dans les oreilles, elle aborde le pont Mirabeau sans imaginer que le poète y pleura l'amour perdu et le temps qui passe. Concentrée sur Instagram, elle passe en revue les stories des « héroïnes » de sa vie, celles dont elle suit les aventures au quotidien : Gigi Hadid habillée d'une tunique blanche pour la campagne de Michael Kors, Bella Hadid qui s'exhibe en soubrette dans le dernier défilé de Victoria's Secret, *Angels in Paris*, Kylie et Kendall Jenner en maillot de bain sur une plage paradisiaque, Khloé Kardashian, Kourtney Kardashian et toutes les autres Kardashian, ses préférées, qui montrent tour à tour bébés, habits, voitures, hôtels, vernis à ongles, rouges à lèvres, maris, ex, futurs ex et futurs maris, piscines, plages, restaurants, maisons, jardins, objets de toutes sortes, sans oublier la célébrissime Chiara Ferragni (17 millions d'abonnés) qui est à Ibiza avec son adorable mari et son charmant *bambino* en train de dévorer un avocado toast… Sa devise : « Aime férocement et n'oublie pas de prendre des photos. »

Une vie de luxe défile sous les yeux de la jeune fille, un idéal, celui d'une existence passée à voyager dans des endroits idylliques, à manger des mets appétissants dans des décors somptueux, habillée et financée par les grandes marques.

Mais une notification concernant une attaque terroriste islamiste vient perturber ce doux rêve, puis un sms d'une amie au sujet d'un livre de maths oublié et les soldes sur Sarenza : tout parvient à son esprit en même temps, sans hiérarchie. Plusieurs centaines de mots, plusieurs milliers de morts, un tsunami en Indonésie et le scandale au sujet du rappeur Roméo Elvis. Sur le pont, les voitures sont arrêtées, les arbres s'étirent sous le ciel, Sacha guette son téléphone et attend un message, l'expression d'un désir : un signe, un événement, une alerte sonore, une vibration peut-être.

D'une main elle lisse ses cheveux, de l'autre elle passe en revue ses stories. Elle scrolle. Mais c'est la dernière fois ; car il faut se dire adieu. Elle ressent comme un regret, quelque chose qui lui murmure tout bas qu'il est trop tôt pour y renoncer. Elle hésite encore, les larmes coulent, elle suffoque. Elle prend une longue inspiration, se penche au-dessus de l'eau. Non, elle ne manque pas de courage, elle se sent prête à accomplir le geste fatidique. Sur Instagram, elle consulte une ultime fois les images de cette story, la sienne, celle qui l'a conduite, ce matin-là, à commettre l'irréparable.

2.

— En fait, je voulais te dire que je te trouve très belle. Et puis, t'es beaucoup mieux en vrai que sur Insta.

— Ah, tu penses vraiment ?

— T'es canon ! Et si tu te caches, c'est par timidité.

— Ben, oui… on peut le dire comme ça.

— T'es plus belle que la plupart des filles de la classe, et même que Jade.

— Oh… tu penses vraiment ce que tu dis ?

— Je voulais te demander… On est quoi, nous ?

— Disons que je te trouve sympa… Mais je ne sais pas trop… T'es pas avec Jade ?

— Pourquoi tu me parles d'elle ?

— Ben d'abord parce que c'est toi qui m'en as parlé. Et aussi pour savoir si vous êtes encore ensemble. Comme ça c'est clair.

— Tu te poses trop de questions, à mon avis.

— Pourquoi tu dis ça ?

— Moi je te dis, je sens quelque chose en toi…

— Tu penses vraiment ce que tu dis ?

— Oui mais… tu devrais être moins hautaine… Plus accessible. Pourquoi tu postes jamais rien ?

— Je poste des stories, mais bon, les photos j'aime pas trop.

— Viens je te fais avoir tous les abonnés de France sur Insta, moi !

— Mais comment ?

— Tu fais ce que je te dis, c'est tout ! Je vais être ton coach !

— T'es dingue, toi, je vais pas faire tout ce que tu dis. Franchement… pourquoi tu t'intéresses à moi ?

— Ben parce que toi tu t'intéresses à moi déjà ! Ensuite tu vois, t'es pas comme les autres !

— C'est marrant que tu dises ça, je sais pas moi, je ne me trouve pas spéciale du tout. Même plutôt banale…

Au terme de la conversation, Sacha reste songeuse. Une fille banale, oui. C'est ainsi qu'elle se voit. Elle n'est pas comme Jade, l'influenceuse volubile qui papillonne avec grâce dans ses vlogs, ses stories et ses vidéos TikTok. Si belle aussi, toujours bien coiffée, maquillée comme une professionnelle, habillée de marques dont elle est partenaire.

Dans sa chambre sans décoration, sans affiches, sans livres, juste une commode où sont déposées des bouteilles de parfum, de déodorant et une palette de maquillage, Sacha devant son miroir vérifie que tout est en place. Le matin, avant de partir à l'école, elle scrute ses moindres défauts. Les cheveux longs, auburn avec des reflets blonds, sont lissés au fer car elle déteste ses boucles, les sourcils sont dessinés, arqués et entretenus au « bar à sourcils », les yeux bruns, profonds et tristes, semblent plus grands avec du mascara et un léger trait de khôl à l'extérieur des paupières, le nez est poudré du matin au soir pour ne pas paraître luisant, la bouche est recouverte d'un gloss, les dents, telles des perles alignées grâce à deux ans de traitement orthodontique, sont blanchies avec un dentifrice spécial, et son corps, qui ne s'est pas départi des rondeurs de l'enfance, est paré de bijoux, de tee-shirts à messages et affublé de jeans à larges trous qui laissent entrevoir une grande partie de ses jambes.

Pour l'heure, elle se plaît, mais plaît-elle vraiment à Jules ? D'après Instagram, celui que tous connaissent désormais sous le sobriquet de *Sunday Jules* est en effet le jules de Jade, la célèbre influenceuse aux 750 000 abonnés. Sacha, elle, n'a que seize ans et demi et seize images sur sa page Instagram. Avec son sourire timide, elle a peur de ne pas recueillir assez de likes, c'est la raison pour laquelle elle publie si peu.

C'est une jeune fille taciturne qui parfois éclate de rire ou s'anime quand il est question de vêtements, de maquillage ou d'accessoires de mode. Elle regarde les stories de ses amies, des influenceurs, des gens connus, elle préfère au monde réel le monde virtuel des photographies qui les mettent en scène dans des restaurants, des lieux chics, des endroits fabuleux commentés à grand renfort d'émoticônes et de commentaires tels que : *ma vie, ma sœur, t'es fraîche, t'es canon, t'es trop belle, t'es vraiment une bombe.*

Sacha dort le téléphone sur le cœur, se lève le portable à la main, le pose sur le lavabo lorsqu'elle se lave, déjeune le portable sur les genoux, marche la tête penchée, le dos voûté, travaille en répondant à ses sms, jette un coup d'œil aux films en consultant ses applis ou en jouant car elle aime faire plusieurs activités à la fois. Elle porte des lunettes avec un filtre anti-lumière bleue pour ses yeux fatigués à force d'être rivés sur son écran et consulte son kinésithérapeute deux fois par semaine pour tenter de redresser sa posture. Son seul intérêt, son point d'ancrage, son oxygène, sa nourriture spirituelle, son univers : c'est son téléphone. En particulier les réseaux sociaux, et plus précisément, Instagram. Elle s'endort avec Instagram et se réveille avec Instagram. Elle ressemble à Jade, elle est le clone de toutes les filles d'Instagram qui se copient entre elles, qui se forment et se transforment sur le même modèle, lolitas aux cils recourbés, au teint uniforme, à la bouche dessinée, aux ongles vernis de blanc, aux cheveux longs, très longs et très raides. Sirènes sans mer, beautés fatales, vraies petites poupées Barbie, fées ou sorcières, êtres purs et démoniaques, usant de tous les moyens pour être plus belles, plus flamboyantes, attirantes, photogéniques, habillées ou déshabillées : instagrammables. Nées du désir des autres, réinventées selon leurs standards, nymphes ensoleillées et emmaillotées, bébés-femmes, jeunes filles en fleurs et en formes !

En arrivant devant la grille du lycée, Sacha reçoit un message de son amie Lou. Celle-ci était à une soirée un peu trop arrosée, où elle a rencontré un jeune homme qui l'a filmée à son insu alors qu'ils étaient en pleins ébats, il a envoyé la vidéo à un ami, qui l'a transférée à un autre sur un groupe WhatsApp, qui l'a passée à un troisième et désormais, toute l'école en a connaissance, qui salit son nom sur les réseaux sociaux. Un torrent d'insultes se déverse sous la forme de commentaires et de posts pour une simple story qui déclenche l'ire de la multitude, inconnus soudain constitués en bloc de haine et de mépris, juges populaires qui la placent sur le banc des accusés et la désignent d'un doigt vengeur avant de l'exécuter sur l'échafaud numérique.

Sacha bouscule un surveillant, lui dit pardon, bonjour et au revoir en même temps. Elle regarde son portable en cachette car elle n'a pas le droit de le consulter dans l'enceinte de l'école, et c'est alors qu'elle voit la vidéo en question, envoyée par Lou, avec un émoticône cœur brisé. Celui de Sacha semble s'arrêter, frappé de plein fouet. On y voit nettement le visage et les détails du corps de Lou en gros plan filmé par le garçon. La jeune fille a fait ce qu'elle n'aurait jamais dû faire, ignorant que son nouvel ami la prendrait au piège. Après que ce dernier a envoyé son film sur Snapchat, une centaine d'élèves a réagi, l'un d'eux a même réussi à prendre une capture d'écran grâce à une application et ce, en moins de trois minutes ! Sacha en suffoque, de stupeur et de terreur. Lou est cramée.

3.

Dans la grande cour du lycée, les élèves sont tous habillés de la même façon : jeans, vestes et pantalons, tee-shirts, baskets et sacs à dos, les cheveux longs, ils discutent, un peu gênés, un peu perdus. Certains, isolés dans un coin, ne font pas partie des groupes. Personne ne s'adresse à eux, ne veut être vu à leurs côtés, même si le soir on leur demande le résultat des exercices de maths. Sacha préfère la compagnie des filles vêtues de jeans troués à celle des garçons aux baskets estampillées, car c'est là que tout se joue pour les hommes : ils se définissent par la marque, la forme, la couleur et la rareté de ce qu'ils ont aux pieds. Ils se jaugent de bas en haut. Se jugent en fonction du modèle. Un prototype, que personne ne porte mais que tout le monde recherche, assure le respect. Le plus fort dans ce domaine est Léo, il en a même fait un commerce sur Instagram où il revend des baskets. Il est considéré comme le plus beau de la classe, le plus populaire et le plus élégant, avec ses yeux verts et sa fameuse mèche de cheveux longs, qui tombe à moitié sur son front. Sur les photos de son compte Instagram, il a la tête inclinée avec un sourire en coin : les filles sont folles de lui. Son fan-club s'est créé lorsqu'il était en couple avec la célèbre Jade.

Sacha cherche Lou mais ne la voit pas. D'habitude, pourtant, on ne voit qu'elle. Elle repense à ce jour où elle est arrivée pour la première fois au lycée. C'était en seconde, elle venait d'un collège privé en banlieue, ne connaissait personne. Lou, les cheveux longs et raides, les yeux de chat, la bouche et les ongles rouges, s'était avancée vers elle. Elle lui avait demandé si elle était nouvelle, et d'où elle venait, et c'est ainsi qu'elles étaient devenues « amies pour la vie ». Sacha ne l'oubliera jamais. Lou est ainsi, enjouée, gaie et conviviale, si spontanée que les gens se croient tout permis avec elle. Sacha est épouvantée de ce qui lui arrive, elle a lu les commentaires à son sujet, violents, insupportables. Les élèves de la classe la harcèlent, elle est devenue la cible du lycée, la risée de tous. La voilà enfin, qui se fait toute petite dans un coin de la cour. Sacha s'avance vers elle, qui l'accueille d'un sourire reconnaissant, et de ses yeux embués de larmes.

— Je fais quoi ? dit Lou. Je me cache dans les toilettes ? Je me suicide ?

— Mais pourquoi t'as fait cette vidéo ?
— C'est pas moi. C'est lui. Il l'a envoyée direct sur Snap. Paul l'a captée, tu sais comme il est jaloux et voilà, c'est lui qui fait tourner.

Soudain tous se taisent car elle vient d'apparaître. L'influenceuse de dix-huit ans aux 750 000 abonnés, vêtue d'un manteau en cuir de chez Boohoo, coiffée d'une casquette Asos et de baskets de chez Balenciaga, fend la foule d'une démarche féline. Sur ses stories, elle porte un décolleté plongeant, agite ses mains aux ongles vernis de blanc, exhibe la série des maillots de bain pour lesquels elle ne cesse de faire de la publicité, à longueur de journée. Dans ses vlogs, son débit est ultra-rapide, comme pressé, stressé, compressé, les mots se précipitent dans sa bouche, morceaux, lambeaux décomposés, vannés, atrophiés, à moitié avalés par sa diction saccadée, une bande-son accélérée : elle a tant de choses à dire, elle se répète, se contredit puis souligne son propos, se trompe, débite n'importe quoi, n'importe comment, oublie, s'arrête, crie puis part dans un fou rire, exécute une révérence et salue sa communauté telle une présentatrice son auditoire, une journaliste ses spectateurs, ou un mannequin vedette à la fin d'un défilé, car elle est tout cela à la fois, et pourtant elle n'est rien.

— T'as vu Jade ! murmure Sacha à Lou. Elle est trop belle.

Mais Lou n'écoute pas, elle n'entend rien, elle observe la foule, sa main agrippe son portable, qu'elle n'ose plus regarder.

— Les commentaires. Ils disent quoi ? demande Lou, paniquée.

Sacha consulte Instagram discrètement, comme elle a l'habitude de le faire lorsqu'elle est dans la cour d'école, en cachant le téléphone sous ses cheveux.

— C'est violent.

Lou pâlit, elle a compris. Des larmes coulent sur son visage, qu'elle essuie de sa manche. Surgi de nulle part, un surveillant s'avance vers les deux jeunes filles.

— C'est interdit, Mademoiselle, dit l'homme en tendant la main pour prendre le portable de Sacha.

La mort dans l'âme, Sacha est assise face à la CPE, femme d'une quarantaine d'années à l'air compatissant, qui inspecte son dossier avec attention.

— 5, 5 et 7 en enseignement scientifique. 9 en espagnol, 10 en français.

— J'avoue, dit Sacha, qui avoue toujours tout.

— Bon alors vous n'êtes pas scientifique, c'est sûr, mais vous n'êtes pas à l'aise non plus dans les matières littéraires ni en économie. Vous êtes intelligente pourtant et très perspicace, mais... il y a quelque chose qui vous bloque ?

— Non, Madame, je ne crois pas. C'est juste que...

— Vous n'avez pas envie de réussir ?

— Si... Je vous jure.

— Vous lisez un peu ?

— Un peu... quand j'ai un peu le temps.

— En revanche, vous avez vu toutes les séries sur Netflix, d'après votre professeur d'anglais qui est la seule à être contente de vos résultats. 18 de moyenne.

— 18... c'est grave bien, Madame !

— À part Netflix, vous vous intéressez en particulier à quelque chose ? Vous savez ce que vous voulez faire plus tard ?

— Non. Pas vraiment...

— Vous avez bien une petite idée ?

— T'inquiète.

— Plaît-il ?

— Pardon, Madame. Je ne sais pas.

— Quelque chose qui vous plaît, vous passionne ?

— Qui me passionne ? Non. J'aime bien Zola.

— Ah quel livre vous préférez ? *L'Assommoir* ? *Germinal* ? *Le Docteur Pascal* ?

— ...

— Un loisir ? Un instrument ?

— Je fais du violon au Conservatoire. Et aussi je filme. Ma passion, c'est de faire des vidéos. Je fais du montage de films anciens.

— Anciens ? Vous voulez dire de films d'époque ?

— Oui. Enfin, de *votre* époque. Des très vieux films, quoi. Comme *Retour vers le futur*, ou *Pretty Woman*.

— Il serait temps de choisir, reprend la CPE, un peu vexée. Avez-vous été au salon des métiers, celui que nous avons organisé à l'école ?

— Oui mais… j'ai pas trouvé ce que je voulais.

— Vous devriez faire un test avec une conseillère d'orientation.

Silence. La CPE voudrait bien aider Sacha, mais elle ne sait pas comment s'y prendre.

— Est-ce que je pourrais avoir mon portable ? demande la jeune fille. J'ai un rendez-vous chez le dentiste et je dois retrouver l'adresse et l'horaire sur Doctolib.

La conseillère se dirige vers un placard rempli de téléphones de différentes marques, dont une majorité d'iPhones, dernière version.

— Vous passez beaucoup de temps sur votre écran ?

Sacha ne répond pas. Son regard se perd dans le vague.

— Selon certains de vos professeurs, vous avez des problèmes d'attention et de mémoire, ainsi que de concentration. Mais pour le dentiste… c'est nécessaire, n'est-ce pas ?

La CPE prend le portable de Sacha et le lui remet.

— Je vous promets de faire attention, Madame, et de ne plus consulter mon portable sauf en cas d'extrême nécessité.

Sur le chemin du retour, Sacha vérifie ses messages sur WhatsApp, Instagram, Facebook, Twitter, s'effraie des posts sur son amie Lou, 450 commentaires, une déferlante d'insultes, de slut shaming, de provocations sexuelles, d'allusions à son corps : elle est jugée, jaugée, méprisée, traînée dans la boue. Sacha rappelle son amie mais celle-ci ne répond pas, en même temps elle regarde trois vidéos sur YouTube, like, partage, répond, transfère, reçoit un appel de sa mère, qu'elle ne prend pas, et elle met ses écouteurs pour entendre la chanson d'Angèle, *Tout oublier*. Elle traverse le pont Mirabeau et regarde la Seine dont le manteau noir s'est paré de mille reflets. Elle saisit son téléphone et filme la réplique de la statue de la Liberté sur l'île aux Cygnes, qui brandit vaillamment son flambeau. Devant elle s'érige un petit bout d'Amérique, ou presque. Les mouettes volent au ras de l'eau, un bateau-mouche passe, rempli de touristes, des jeunes gens ont investi une petite goguette d'où s'échappe un tube de Zola – le rappeur, pas l'écrivain : « Dix-huit piges, ça pilote des gros gamos de bâtards, ouais, ouais, ouais. » Elle pense à Lou, tente de la joindre à nouveau, mais sans succès, Lou est socialement morte. « Lou, RIP », peut-elle déjà lire sur Instagram.

4.

Jade envoie un message vocal à Léo, son ex, qui est devenu son ami depuis leur rupture. D'une voix de conspiratrice, elle lui annonce qu'elle a une mission pour lui, une vengeance personnelle à accomplir. Il s'agit de Sunday Jules, qui vient de la laisser tomber pour une autre fille du lycée. L'influenceuse ne peut tolérer d'avoir une rivale et encore moins d'être humiliée publiquement. Elle se sent trahie et offensée au plus profond d'elle-même. Sa e-réputation en souffre déjà, elle a perdu des abonnés, il faut réparer cet affront et laver son honneur sans tarder.

Lorsqu'elle avait rompu avec Léo, Jade l'avait annoncé dans son vlog. La vidéo avait été vue plus de 80 000 fois. Elle leur devait bien cela. Leurs amours tumultueuses avaient fait jaillir des milliers de commentaires et chacun avait pu en suivre les moindres épisodes sur Instagram. Leur rencontre lors d'un anniversaire, leur premier baiser pendant la même soirée, leur week-end à l'hôtel Majestic de Cannes, partenaire de leur séjour, le dîner de la Saint-Valentin au restaurant Lapérouse, où Jade s'était vu offrir un bijou fantaisie de chez Agatha et un parfum Guerlain (ces marques étaient sponsors de l'événement). Leurs vacances dans différents *resorts* aux Maldives, en Grèce et à Ibiza aussi. Jusqu'à leur rupture le jour où Jade avait surpris Léo embrassant une autre fille dans l'arrière-plan d'une story. Cette infidélité avait fait couler beaucoup d'encre. Jade depuis lors lui a pardonné, Léo est son *best*, son fiancé de cœur, *sa chair et son sang*, personne n'est proche d'elle comme il l'est, même s'ils ne sont officiellement plus en couple. Ils continuent de se voir presque tous les jours, de se confier l'un à l'autre. Et ceux qui ont suivi leurs aventures le savent, ils sont proches, alliés, amis et rivaux.

— Tu vois cette meuf, Sacha, dit-elle, de son ton rapide, en effritant les mots comme elle dévore des chips, la fille brune, celle qui s'habille chez Zara. Sacha, c'est elle, j'en suis sûre. Regarde ce que Jules m'écrit : *désolé ça ne marche plus entre nous, je ne peux plus continuer, mais j'aimerais qu'on reste amis.*

— Et alors ? répond Léo en message audio. Tu veux que je fasse quoi ? Que je parle à Jules pour qu'il reste avec toi ?

— Je veux que tu séduises Sacha, répond Jade.

— Mais… pourquoi je ferais ça ? Moi je veux bien séduire qui tu veux, mais pourquoi cette fille, et en plus, comment tu veux que je fasse pour l'approcher ? C'est pas ma pote, ni mon style d'ailleurs.

— Je m'en occupe, t'inquiète.

— Bah si tu veux. Mais je te garantis rien.

— T'as dit que tu ferais n'importe quoi pour moi. T'es mon ami ou t'es pas mon ami ?

— Comment ça, je ferais n'importe quoi pour toi ? D'où t'as vu ça ? Je ferais l'impossible, oui, mais pas n'importe quoi.

— Fais l'impossible alors…

— Je veux bien te rendre tous les services du monde, ma beauté, mais… ça va te servir à quoi, que je séduise Sacha ?

— Bah, à me venger de Jules.

Jade est exclusive et jalouse, elle ne supporte pas d'être laissée pour une autre. Elle veut être au centre de l'attention, capter les regards. Dans ses vlogs, assise sur un canapé pendant des heures, elle parle de sa vie amoureuse, de marques, de vêtements et de maillots de bain. À son âge, elle gagne bien sa vie. À treize ans, elle avait déjà créé son compte Instagram, elle y livrait ses astuces pour se maquiller et s'habiller. Son père travaille dans la communication : c'est lui qui la conseille pour augmenter le nombre de ses abonnés. Grâce à son expertise numérique, elle a commencé à faire des lives, des meet-ups et des vlogs sur YouTube pour fédérer une plus large communauté. Persévérante, femme de tête même si elle n'est encore qu'une jeune fille, elle est devenue une vraie star auprès des adolescentes qui rêvent de lui ressembler. Elle est invitée aux défilés, aux avant-premières, elle tourne des vidéos avec d'autres blogueuses célèbres, telle Marie Lopez, plus connue sous le nom de EnjoyPhoenix, la première à avoir percé dans le domaine des influenceuses. Marques et agences lui proposent de faire des publicités et des partenariats. Elle reçoit des colis tous les jours, remplis de produits de beauté et d'habits, elle est aussi payée pour participer à des événements et y parler de maquillage. Si jeune et déjà botoxée, elle a les lèvres gonflées, les pommettes saillantes, le visage d'une poupée, elle porte parfois des jeans et des baskets colorées avec un tee-shirt ou un pull, ou bien adopte un style bohème, des pantalons un peu larges, des chemisiers à manches gigot, des robes colorées portées avec des espadrilles compensées, un panier dans la main. Le soir, elle se transforme pour sortir : robes de marque, talons hauts et sacs dont elle assure la publicité. Le tout assorti de bijoux, boucles d'oreilles, bagues, colliers et montres livrés à domicile par les enseignes qu'elle ne manque jamais de taguer. Elle passe chaque jour plusieurs heures à peaufiner son image et à développer son réseau, aidée par son père. Elle compte désormais parmi les influenceuses connues : à dix-huit ans à peine, elle est à la tête d'une petite entreprise qui génère déjà des milliers d'euros.

Elle a appris les hashtags, les mots-clés, les stories qu'elle regroupe par thématiques : famille, actualités, inspirations, projets, loisirs, visites d'endroits, pays, coups de cœur. Elle maîtrise les fonctionnalités : géolocalisation, votes, sondages, questions, gifs, toutes les clefs pour s'adresser à ses abonnés, les faire participer… Créer de l'engagement, obtenir le maximum de likes et convertir le tout en produit, à commencer par elle-même : l'objectif étant le chiffre d'affaires et la notoriété. Elle *est* une marque. Se vendre, susciter de l'intérêt, mettre en scène sa vie comme dans une émission de téléréalité, c'est ce qu'elle fait, depuis son plus jeune âge. Elle sait que la qualité des images est cruciale, qu'il faut les retoucher, qu'une bonne lumière, un cadre parfait sont essentiels, qu'il ne faut pas poster sans légender, c'est-à-dire donner les éléments du contexte. Elle communique avec ses abonnés, n'hésite pas à écrire de longs commentaires sur Instagram. C'est ainsi qu'elle est devenue une star… blonde, puis brune, puis blonde, les cheveux bouclés, le brushing parfait et la bouche pulpeuse, assise dans sa chambre aux couleurs grises, à côté d'une plante verte, elle parle, explique, raconte, se raconte, rit, sourit, présente, critique et pense tout haut, improvise, devise et donne des conseils.

Jade est une petite entreprise, chaque instant de son existence est consacré à sa propre mise en scène. Elle n'aime pas que d'autres soient au cœur de l'attention. Malgré sa rupture avec Léo, elle souhaite garder une emprise sur lui.

Sans scrupules, elle se joue de Jules, de Léo qu'elle met à l'épreuve, autant que de Sacha, sa nouvelle proie. Elle s'abonne au compte Instagram de la jeune fille, lui envoie un message, dit être fan de ses films et de ses montages de « films d'époque ». Sacha, surprise, heureuse, honorée d'être remarquée par la star du lycée, lui répond qu'elle a adoré son dernier post au sujet du « harcèlement de rue » : *Il est temps que l'on se révolte contre le patriarcat et les violeurs*. Jade s'est engagée pour l'égalité des sexes et contre les violences faites aux femmes : elle participe à des manifestations, publie des commentaires sur les droits des femmes, prône une éducation « sans stéréotypes », revendique le fait de s'habiller comme elle veut, quand elle veut, et surtout de montrer les parties de son corps qu'elle souhaite dévoiler. Le contact est établi entre les deux jeunes femmes, même si Sacha est loin de se douter du plan vengeur que sa nouvelle amie a fomenté contre son ex à travers elle, et en dépit de toute sororité.

5.

Un jeu d'enfant. Sacha est une proie facile. Léo est si populaire que toutes les filles rêvent de lui. Il cultive son image avec soin. Dans ses stories, il s'exhibe entouré d'une multitude d'amis qui ont l'air de s'amuser comme des fous. Il fait aussi de l'équitation le week-end, et n'oublie jamais de poster les vidéos de ses compétitions. Beau garçon, élégant et fin, il pratique l'athlétisme pour cultiver sa musculature et porte une attention particulière à ses cheveux. Le jour et la nuit, il est savamment décoiffé comme s'il venait de se réveiller, sortait de sa douche ou ne s'était jamais peigné de sa vie. Ce résultat exige toute une préparation : c'est cette nonchalance qui fait son style, une sorte de charme inné, bien travaillé.

Lorsqu'il était avec Jade, Léo a multiplié par dix ou douze le nombre de ses abonnés sur Instagram et grâce aux selfies qu'ils ont faits ensemble, il est devenu lui-même une petite célébrité avec ses 72 000 abonnés alors qu'il n'a rien de spécial à dire ni aucune compétence réelle. Ni conseils, ni habits, ni lectures, ni expos, Léo est juste Léo, et cela suffit. Le désormais fameux « ex de Jade » continue d'enthousiasmer les foules virtuelles qui espèrent bien qu'un jour ils se remettront ensemble.

Léo vit en alternance entre son père et sa mère, il se partage littéralement en deux, au point de se dédoubler. C'est comme s'il y avait plusieurs Léo, pour que personne ne soit lésé. Les semaines paires, quand il est chez son père, il fait ce qu'il veut : wi-fi, télé dans sa chambre, PlayStation, sans devoirs, sans heure de coucher ni de lever, puisqu'il arrive régulièrement en retard à l'école ou n'y va tout simplement pas car il fume des joints et reste hébété sur son lit toute la journée en chien de fusil, à contempler son portable. Chez lui, sans restriction, Léo a accès à toutes les séries, tous les films, tous les contenus possibles et imaginables. Chez sa mère, c'est l'opposé : il travaille, fait ses devoirs, lit, apprend ses leçons, se passionne pour l'Histoire, les histoires, les romans, s'intéresse à la gastronomie, joue aux échecs, au piano, fait du cheval, visite des expositions et sort au théâtre. Il n'a pas vraiment compris comment son père et sa mère ont fait pour se rencontrer et s'aimer, si ce n'est que les contraires s'attirent, mais le voilà pris à son corps défendant dans les trajectoires divergentes de leurs vies. Son père a exigé la garde alternée et entrepris à cet effet une guerre juridique contre sa mère, dont Léo aura été l'otage consentant, séduit à grand renfort de cadeaux : console de jeu, iPhone XR, AirPods et Apple Watch. Il lui a fait valoir que sa mère était une folle qui ne poursuivait qu'un seul but dans la vie, les séparer. Léo, en bon petit enfant-soldat, a donc assuré à la juge qu'il souhaitait être une semaine chez son père, une semaine chez sa mère. Et s'est coupé en deux pour faire plaisir à tout le monde.

À force de ne travailler qu'une semaine sur deux, Léo effectue une année scolaire médiocre, oscille entre deux personnalités, celle du bon élève et du cancre, du gentil et du méchant, selon les moments et les lieux, et a fini par basculer dans une forme de schizophrénie, reflet de sa double vie. Après une semaine passée chez son père, il est nerveux et parle peu, replié sur lui-même. Il y joue à Fortnite, choisit un avatar parmi ces personnages appelés les skins, hommes, femmes et robots, superhéros invincibles. Il devient Ikonik, grand gaillard musclé, fort, reconnaissable à ses baskets rouges, son short et sa capuche, qui passe ses nuits dans un bus imaginaire, à traverser les villes et tuer les adversaires, armé de pistolets, de lances ou de bâtons. Il se réfugie dans des endroits secrets et accumule des butins pour être plus puissant, bâtit des forts à l'aide de divers matériaux et fabrique ses propres armes, évite les tempêtes, cherche les autres joueurs, les frappe ou attend qu'ils se massacrent entre eux pour finir par affronter le dernier et remporter la victoire, lorsqu'il ne reste plus aucun personnage, et accomplir le but ultime de sa vie, devenir le héros de la Battle Royale !

De retour chez sa mère, il récite des poèmes et écoute de la musique classique. À présent, il se demande quel législateur a conçu ce système absurde où l'on coupe les gosses en deux moitiés bien égales comme s'ils étaient des paquets. Il en veut à ses parents, qui se le passent comme dans un jeu de lancer et sont contents de se reposer une semaine sur deux, mais il est épuisé par ce nouveau sport familial : il n'a rien demandé, n'a pas voulu que ses parents se séparent, ni prendre en charge leur culpabilité de le voir ou de ne pas le voir, et encore moins faire ses valises toutes les semaines. Il s'en veut de l'avoir demandé à la juge, artisan de son propre malheur : pour oublier, il a sombré dans une addiction technologique qui lui permet, comme une vraie drogue, d'échapper à cette vie trop violente, injuste et proprement démente.

Malgré tout, Léo préfère être chez sa mère. Chez elle, il a l'impression d'être intelligent, loin de la vacuité d'une existence qui le désespère. Et la pensée des filles qu'il pourrait séduire lui procure un sentiment de toute-puissance grâce auquel il peut enfin être lui-même. Lui et mille autres, comme dans

Fortnite lorsqu'il change d'avatar. Un seul et multiple Léo se passe la main dans les cheveux, prend son téléphone, clique sur l'icône d'Instagram et contacte Emma, la fille si belle qu'il a croisée alors qu'il sortait de son lycée et elle du sien, une école privée catholique : deux mondes à l'opposé l'un de l'autre mais qui éveillent le désir, et correspondent à une dualité qu'il connaît bien, celle de sa vie.

6.

C'était un de ces soirs en rentrant de chez ses parents mais lequel ? Semaine *paire* chez le *père*, c'est pourtant simple de se souvenir, lui dit sa mère. Léo passait par hasard devant le lycée, quand il l'a vue qui sortait avec des amies, leurs regards se sont croisés et elle a souri. Il n'a pas tout de suite remarqué sa jupe plissée, son chemisier blanc, ni sa queue-de-cheval, il a juste été saisi par ses yeux bleus plongés dans les siens, comme s'ils cherchaient à le retenir. Il l'a abordée, lui a demandé si elle rentrait chez elle, a proposé de prendre un café au bistrot bruyant du coin, là, comme s'ils étaient seuls au monde, ils ont parlé, de tout, de rien, des profs, des amis et des parents, ils ont ri et se sont trouvé quelques points communs – l'équitation, la musique, la lecture – et depuis ils échangent des sms et des messages vocaux. Léo tente une approche subtile car il sent qu'il ne doit pas effaroucher cette jeune fille délicate qui pourrait le fuir s'il se dévoilait trop tôt. Alors il reste dans la friendzone, attend qu'elle fasse le premier pas, et lui envoie des messages sur WhatsApp.

— *Hello, tu fais koi ?*

— *Je révise les maths. Et toi ?*

— *Je mange.*

— *Tu m'apl ?*

— *G 3 % dès que j'ai chargé.*

— *Ok !*

— *Bref... faut trop qu'on svoit.*

— *Oui pourquoi pas.*

— *J'ai écrit un rap et il vient d'être pris sur 1minute2rap sur Insta.*

— *Jure ? Trop bien !*

— *Grave tu vas voir. Je te l'envoie.*

Emma découvre le rap de Léo : vêtu d'un pull à capuchon et d'un jean baggy, il scande les mots l'air concentré, avec les doigts en l'air. Elle a l'impression de transgresser un interdit, ses parents ne la laisseraient pas regarder ce genre de vidéo, eux qui n'aiment que les Beatles, la musique classique et la messe, chaque dimanche, à l'église.

Je rêve d'un monde
Réel pas virtuel
Visuel pas actuel
Charnel pas irréel

Je rêve d'un monde
Que les gens aiment pour de vrai
Où les gens s'aiment pour de vrai
Sans réseau et sans publicité

Je rêve d'un monde
Où partout règne la paix
Où personne n'est frappé
Et les profs sont pas décapités

Je rêve d'un monde
Où on n'achète pas
Où on ne m'achète pas
Où on ne rackette pas

Je rêve d'un monde
En dehors des connexions
Car j'ai toujours la sensation
De me vendre sans permission

Je rêve d'un monde
Où le temps pour moi s'arrête
Où j'suis tranquille sous ma couette
Et je suis grave bien t'inquiète

Emma découvre un monde dont elle ne rêvait pas. Un monde loin du sien. Pourraient-ils se rejoindre un jour ? Même si ses parents l'empêchent de sortir, elle commence à imaginer des stratagèmes pour le rejoindre, au café, dans la rue, à faire simplement le tour du quartier. Elle craint d'être vue, et rentre chez elle avec la sensation d'avoir une vie secrète, qui échappe à leur regard et à leur juridiction. Pour la première fois, elle a l'impression d'exister, en dehors de leur loi. C'est la raison pour laquelle elle accepte la petite escapade qu'il lui propose, en message sur Instagram. *Ça te dirait une balade à cheval ?*

Il s'agit de se retrouver au centre équestre où elle s'entraîne, sans le dire à personne. C'est là qu'il lui fixe un rendez-vous, un dimanche, dans la forêt de Versailles, non loin du grand château. Pendant plusieurs heures, ils galopent côte à côte, sans un mot, entre les arbres qui bordent les allées, ils s'enfoncent dans les bois, dans des endroits inconnus et sombres où ils pourraient bien se perdre, mais elle n'a pas peur. Elle avance à ses côtés, il l'observe, elle est si belle, avec son casque, son pantalon beige, sa veste blanche et ses yeux bleus, il n'a qu'une envie : la prendre dans ses bras et l'embrasser. Il s'arrête un moment, met pied à terre afin de porter secours à un petit oiseau blessé sur la route, et il voit qu'elle est émue par son geste. Mais lorsqu'il s'approche d'elle pour l'embrasser, elle a un mouvement de recul, reste froide et distante, impassible et hautaine. L'oiseau, c'est pour lui plaire bien sûr, car il rêve de prendre ses lèvres, lui murmurer à l'oreille qu'il l'aime, et ressentir tout le pouvoir de cette phrase magique.

Depuis leur rencontre, il regarde ses photos sur Instagram et cherche ses traces sur le Net, mais elle ne poste que d'éphémères stories, d'elle avec ses amis dans des soirées, chez les scouts, en train de distribuer de la nourriture aux plus démunis, d'aider à repeindre des maisons, ou en visite aux personnes âgées dans les EHPAD. Engagée dans la lutte pour l'environnement, elle a participé à un camp « zéro déchet » et à des « clean walks » où elle nettoie tout ce qui se trouve sur le chemin. Elle a écrit un post où elle invite ceux qui le souhaitent à la prochaine marche, car *la génération des milléniais doit réparer la faute des aînés qui leur ont légué une planète pleine de dangers*. Léo s'empresse de s'inscrire, soudain sensibilisé à cette cause essentielle qui consiste à sauver la planète.

Mais le danger, Emma ne se doute pas qu'il est tout près d'elle, sur le pas de sa porte, dans sa chambre et jusque dans son lit, car elle tente de repousser le sentiment qui la force à regarder toutes les cinq minutes l'Instagram de Léo ; elle ressent pour lui comme une attirance, un besoin irrépressible de le voir et de l'avoir, contre lequel elle tente de lutter et auquel elle rêve de céder. Prise dans un mouvement contradictoire, elle le fuit et le cherche à la fois, le déteste et l'adore, le désire et le rejette, pense à lui et tente de l'oublier, a l'impulsion de lui écrire et s'arrête juste à temps, lui texte et supprime le message, s'abonne à lui et se désabonne, regarde ses stories encore et encore. Le soir, en s'endormant, elle a son prénom sur ses lèvres.

7.

Sacha est allongée sur son lit, le regard plongé dans le vide. Les larmes lui montent aux yeux, elle pense à Lou, on la dit partie en province dans un internat, on la dit inscrite dans une école privée, déscolarisée, démoralisée, détruite, droguée ou en cure, en maison de repos, les rumeurs s'enflamment, Sacha en a le cœur brisé, et elle n'en peut plus d'entendre les gens parler sans savoir. Les parents, l'école, les amis, la famille ont tout fait pour étouffer l'affaire mais elle sait ce qui s'est produit et connaît la responsabilité de chacun. Elle envoie encore un message vocal à son amie qui ne réagit plus, sans doute est-elle privée de portable par ses parents, ou peut-être ne veut-elle plus jamais lui répondre. Déçue et triste, Sacha ouvre Instagram, regarde le compte de Lou mais celui-ci a disparu, il a été supprimé, Lou n'existe plus, si ce n'est sur les selfies que Sacha retrouve d'elle avec son amie dans les soirées, dans sa chambre, les miroirs des ascenseurs, les restaurants ou dans la rue. Quand elles se préparaient avant de sortir, vernis, paupières, bouche, rien n'était laissé au hasard. Et les soirées d'Halloween où elles se déguisaient et peignaient leur visage en Vampirella. Les rires, les fous rires, les discussions à n'en plus finir sur les couples improbables de la classe. Les recherches sur Facebook, Instagram, les chorégraphies sur TikTok, qu'elles répétaient pendant des heures avant de les filmer. Elles se disputaient gentiment. Sacha n'était jamais contente, elle lui faisait tout refaire, alors que Lou voulait aller vite. Lou était parfaite pour cela : elle avait toujours envie de s'amuser, elle était partante pour toutes les fêtes du monde.

Elle n'a pas d'autre amie qu'elle. Personne à qui parler, devant qui s'épancher, ni même avec qui s'inquiéter de Lou. Sacha relit leurs échanges consignés sur WhatsApp, les confidences, son histoire avec Paul et avec tous les autres, et aussi Solal, que Sacha voit au Conservatoire, et pour qui elle a un faible, mais timide, méfiante et disciplinée, toujours sur la réserve, elle garde ses distances en dépit des conseils de Lou, qui l'incite à aller de l'avant, à fumer sa Juul comme tout le monde et à sortir le samedi soir. Sacha sourit en pensant à son amie, elle passe d'une story à l'autre, et soudain oublie ses pensées, se prend à rêver des beaux hôtels dans lesquels se prélassent les influenceuses, au bord de la mer, au ski, à Dubaï, aux Maldives ou en Grèce, comme Chiara Ferragni avec son rappeur de mari, dont le corps tatoué est exhibé à côté du sien, perpétuellement en maillot de bain. Ou encore comme Jade dans sa vidéo montée sur la chanson *Summer* de Calvin Harris, qui plonge en bikini rouge dans les piscines et prend la pose sur des bateaux, arrosée de champagne et nourrie d'avocado toasts, elle danse et elle rit, accompagnée d'une troupe d'amis athlétiques, bien coiffés, l'air follement sympathique, la bande idéale pour des vacances de rêve : 63 000 vues. Puis, lasse et fatiguée comme après avoir pris une drogue, ivre d'images et de bonheur, Sacha s'étend sur son lit, ferme les yeux, se love sous la couette et scrolle, somnole, et s'endort.

Quelques minutes plus tard, Sacha ouvre un œil, allonge la main et saisit son téléphone. C'est un message vocal de Léo, le plus beau garçon de la classe, qui lui propose de venir à son anniversaire. Elle est surprise et flattée qu'il ait pensé à elle. Son cœur palpite. De peur et d'excitation, de joie et de désespoir : jamais, au grand jamais, sa mère ne la laissera sortir avec ses résultats scolaires ! Elle regarde sa moyenne sur son application Pronote : 10,5. Puis elle consulte le compte Instagram de Léo. Dans ses stories, il est : en boîte, dans une soirée, un restaurant, avec sa mèche sur les yeux, et son sourire aux dents blanches et bien alignées. Ses mains deviennent moites lorsqu'elle répond à son invitation, *cc Léo, merci pour l'invit, tkt je viens !* Aussitôt, elle le regrette et supprime, et regrette de l'avoir enlevé car son interlocuteur va voir apparaître la manœuvre en message. Elle n'ira pas… même si elle en rêve, et déjà se demande comment elle va s'habiller et ce qu'elle pourra dire à sa mère pour la convaincre, elle n'ira pas, à cause d'Ariane qui est obsédée par sa fille, qui ne s'intéresse qu'à ses notes, à Parcoursup, à l'école et au Conservatoire, elle n'ira pas et pourtant elle n'a qu'une envie, c'est d'y aller.

Le soir, lors du dîner qu'elles partagent toutes les deux presque en silence, Sacha finit par demander à sa mère l'autorisation de sortir. Ariane, comme prévu, refuse cette faveur à sa fille qui se fâche, proteste, crie son indignation, invoque son 18 en anglais. Mais sa mère persiste, elle est privée de tout jusqu'à ce que ses notes remontent. Sacha la déteste, du plus profond d'elle-même. Elle voudrait partir et quitter cette maison où elle se sent épiée, observée, méprisée et incomprise. Elle s'enferme dans sa chambre, prend son portable, ouvre iMovie et commence à monter un film, intitulé : *Ma daronne.* On y voit Ariane, en train de faire la moue, de s'énerver, de crier, de courir, de faire une danse ridicule pour TikTok avec sa fille sur un rap de Zola intitulé *Wow.* Les paroles sont : « wow, wow, wow. »

8.

La daronne est en retard à la réunion des parents d'élèves. Elle n'a plus le temps. Le temps, elle l'a perdu avec la technologie qui est supposée lui en faire gagner, mais qui la projette dans une activité trépidante, à courir après quoi ? Après le temps... Les textos, les messages, les demandes d'amitié sur Facebook, les parents, la famille, les amis virtuels, les amis réels : son cerveau est sollicité en permanence par le bip d'une notification. Peu importe son contenu, elle signifie : *Tu n'auras pas de temps pour toi, tu as perdu la maîtrise de ta vie, tu ne t'appartiens plus car tu appartiens férocement aux réseaux sociaux.*

En jeans et baskets, les cheveux mi-longs, le visage à peine ridé, les yeux bruns, Ariane ressemble à sa fille mais elle n'est pas coiffée, pas maquillée, pas soignée. Perplexe, le matin, elle regarde Sacha minaudant, élégante, raffinée, mariant couleurs et accessoires alors qu'elle-même porte des vieux habits car elle dépense tout son salaire pour son loyer et pour sa fille : la vie est chère et la pension de son ex-mari ne lui suffit plus à assurer le quotidien.

Directrice du marketing pour une entreprise de vente en ligne, Ariane vit sous la domination d'un directeur général qui lui fixe des objectifs inatteignables, rejette ses idées puis se les approprie, et dissimule ainsi sa propre incompétence vis-à-vis de ceux qu'il appelle ses « subordonnés ». Aussi cherche-t-elle à quitter son travail pour échapper à ce rapport de forces qui la mine. Inscrite sur LinkedIn, elle consulte chaque soir les offres d'emploi ; mais à son âge, comment faire face aux jeunes qui arrivent sur le marché du travail, qui prétendent être plus performants qu'elle dans le domaine du marketing digital, et disent tout savoir ?

Ariane se précipite dans une classe, s'aperçoit que ce n'est pas la bonne salle, erre dans les longs couloirs sombres et désertés, pense s'être véritablement perdue dans un labyrinthe tout droit sorti d'une dystopie, et finit par retrouver le fil grâce à une âme charitable qui la guide vers un grand amphithéâtre où la proviseur-adjoint du lycée est en train de s'adresser à un public de parents attentifs et studieux qui prennent déjà des notes.

La proviseur-adjoint, femme d'une cinquantaine d'années, aux cheveux courts, stricte mais élégante dans son tailleur sombre, dévoile les principes de la réforme Blanquer à l'aide d'une projection PowerPoint. Cette présentation est destinée à faire comprendre aux parents comment s'effectue l'affectation des élèves au lycée, en fonction des notes des élèves, pondérées par la sectorisation et par l'attribution de bourses (qui donnent des points en plus).

— La transformation de l'Éducation nationale, explique-t-elle, a pour but la personnalisation des parcours scolaires en fonction des aptitudes des élèves et leurs choix se font grâce à une connaissance précoce des métiers. Pour cette raison, il est vivement conseillé d'emmener ses enfants à des forums, afin qu'ils puissent choisir leur voie, et le plus tôt possible dans l'année. Les élèves suivront donc des enseignements de spécialité en plus du tronc commun et des enseignements supplémentaires facultatifs. En première et en terminale, ils ont en tout 22 professeurs. Pourquoi 22 ? Parce que certaines matières sont divisées en deux, il s'agit de spécialités comme les langues ou les sciences, où il y a un enseignant pour le tronc commun et un pour les spécialités. Et maintenant, je vais laisser la place aux enseignants qui vont venir vous présenter leur discipline.

Sur ces entrefaites, la valse des enseignants s'ouvre ; va-t-elle durer jusqu'au bout de la nuit ? Heureusement, le professeur d'anglais et le professeur de sport arrivent ensemble : afin de promouvoir l'interdisciplinarité, ils présentent un cours en commun, ainsi les élèves ont classe de sport en anglais. Un projet novateur, une opportunité pour les élèves, c'est important de s'exprimer en faisant du sport. Ceci est bien sûr destiné à tous ceux qui prennent les langues en option mais quid de ceux qui ne prennent anglais que dans le tronc commun et non en tant que spécialité, demande malicieusement un parent d'élève, auront-ils sport en langue étrangère ou y aura-t-il un autre cours en français ou peut-être un traducteur simultané ? Et qu'en est-il des cours de natation, faudra-t-il envisager un haut-parleur pour diffuser les instructions dans les deux langues ? Et pour ceux qui choisissent anglais en LV2, comment rattraper le niveau des LV1 pour homogénéiser les cours de sport ?

— Ceci n'est plus la terminologie de l'Éducation nationale, corrige la proviseur-adjoint, on dit désormais LVA et LVB. La différence, c'est que les enseignements communs ont pour coefficient 5 alors que le contrôle continu représente 40 %, en résumé le niveau d'exigence de LVA est supérieur à celui de LVB, selon le CECRM. On est dans l'idée d'avoir du B2 pour les LVA et du B1 pour les LVB, mais ce qu'il faut savoir, c'est que les bulletins scolaires comptent pour 10 % du bac, alors que les deux enseignements de spécialité auront pour coefficient 16 : voilà, est-ce clair ?

Les parents se regardent, c'est tout sauf clair. C'était l'objectif. Le système Blanquer est ésotérique pour la plupart des mortels n'appartenant pas à la caste des hauts potentiels ; puisqu'il s'agit désormais de sections bien distinctes élaborées par les théories des Sciences cognitives, mises en application par l'Éducation nationale au profit du Darwinisme social et politique.

Un parent d'élève se tourne et remet à Ariane la feuille qui circule pour l'inscription des enfants à l'association des parents d'élèves, leurs regards se croisent et son cœur se met à battre plus fort, il s'emballe, elle a du mal à le calmer, elle a soudain l'impression d'être comme Michael J. Fox dans *Retour vers le futur*, lorsqu'ils prennent la voiture qui accélère et les décoiffe pour traverser le couloir du temps. En effet, l'homme qui murmure son nom n'est autre que Jérôme, qu'elle avait connu et fréquenté sur d'autres bancs que ceux-là, à la Sorbonne ou sur les bords de Seine, dans les rues et dans les cafés, en bord de mer et en forêt… Il faut être étudiant pour être assis dans un parc avec un sandwich et juste l'avenir devant soi. C'était le temps où il n'y avait pas de téléphone portable et où il était encore possible de rater des rendez-vous, où l'inscription à l'université n'était pas conditionnée par la moyenne des notes, pondérée par la valeur du lycée, corrigée par 10 % des examens finaux sans compter les coefficients des enseignements de spécialité. Jérôme est à peine plus vieux, les tempes grisonnantes, les yeux verts derrière ses lunettes rondes, et le sourire toujours désarmant.

— Vous ici ! murmure-t-il. Ça fait combien de temps ?

— Vingt ans et des poussières…

— Tu n'as pas changé !

— Toi non plus, dit Ariane.

— Tu as un enfant en première ?

— Oui, ma fille, et toi ?

— Mon fils. Comme c'est drôle, la vie. Je me suis souvent demandé où je te croiserais à nouveau, je n'imaginais pas que ce serait ici, dans une classe, au lycée. Tu as l'air d'une adolescente !

Elle sourit. À quarante-trois ans, le temps où elle était une jeune fille ne semble pas si loin et son cœur palpite. Troublée, tremblante, elle cherche un crayon dans son sac, qu'elle fait tomber aux pieds de son voisin de droite, un parent fort sérieux qui la regarde avec condescendance, elle trouve un stylo, l'homme l'observe avec un mélange de curiosité et de mépris profond, elle écrit son nom puis le barre, s'aperçoit qu'il s'agissait d'inscrire celui de sa fille et son adresse mail ainsi que son numéro de téléphone, elle mélange tous les chiffres, désarçonnée et émue.

— Madame la proviseur-adjoint, demande un parent d'élève, pourrions-nous faire un audit pour suivre l'évolution des aptitudes cognitives de nos enfants pendant cette année importante afin d'analyser leurs performances en fonction de l'enseignement dispensé par les différents professeurs ?

La proviseur-adjoint a raison de déclarer la fin de la réunion, les parents se lèvent, perplexes, les enseignants aussi, confus et mortifiés d'avoir eu à défendre l'indéfendable, et expliquer l'inexplicable.

— À bientôt, n'est-ce pas ? murmure Jérôme, en sortant de la réunion.
— À bientôt, dit-elle dans un sourire.

Le soir, pour oublier ses soucis et s'évader dans un monde meilleur, Ariane regarde une série, miroir de sa vie morcelée : des segments, brefs moments sans continuité, comme le flux d'informations qu'elle consulte cent fois par jour sur Twitter. Elle ne lit plus, ne discute plus, ne regarde rien, ne s'appartient plus depuis qu'elle s'adonne aux réseaux sociaux. Elle s'endort avec le téléphone à portée de main : sur le lit, à côté de l'oreiller. Plus qu'un fidèle compagnon, quand elle a une insomnie, il reste éveillé avec elle et lui donne des nouvelles du monde entier, la distrait, la met en relation avec des contacts professionnels, lui indique où en est son compte en banque, lui propose d'acheter tout ce qu'elle souhaite. Il sait le moindre de ses goûts et de ses désirs, et parfois même il les devance. Il a tout appris d'elle, il l'a mémorisée, il connaît ses secrets, ses joies et ses peines, et de temps en temps il prend plaisir à lui rappeler les bons moments à travers des photographies qu'il lui présente spontanément sur son écran d'accueil. Que vouloir de plus ? De fait, elle a arrêté de chercher des partenaires sur les réseaux sociaux. Tout va trop vite, la rencontre, la séduction, la rupture. Les jours, les semaines, les mois, les années passent comme dans un rêve et sa vie s'écoule sans amour… Elle repense à Jérôme, se demande pourquoi elle est si troublée alors même qu'elle l'avait oublié, qu'elle ne pensait plus jamais à lui. Comme un souvenir enfoui qui surgit, une photo sortie de son téléphone qui l'aurait choisie au hasard, parmi des myriades d'événements et de notifications, et dix mille images : météo, actualités, messages sur WhatsApp de trente mères d'élèves sans compter les groupes de travail, d'amis, de syndiqués, d'amateurs de sujets divers, de joueurs d'échecs, de gens qui vont ensemble au théâtre et aussi les groupes de rien… Et soudain, Jérôme.

Au moment où elle songe à lui, elle sent son cœur et son portable vibrer, comme au diapason. Elle vient de recevoir un message : *Bonsoir Ariane, c'est Jérôme. Juste pour te dire que j'espère te revoir avant vingt ans…*

Surprise, elle hésite, apprécie les points de suspension, lourds de sens, et lui écrit :

— *Comment as-tu eu mon numéro ?*

— *Sur la fiche des parents d'élèves.*

— *Très fort, Jérôme !*

— *Tu ne m'en veux pas ?*

— *Au contraire, ça m'a fait très plaisir de te revoir.*

— *Prenons un verre à l'occasion ?*

— *Pourquoi pas…*

Ariane hésite : points de suspension comme lui ou petits cœurs ? Émoticônes pour dire ce que l'on n'ose pas penser. Pour donner le ton, et terminer une conversation sur une note tendre. Pour réhumaniser la technologie d'un sourire, d'un geste ou d'une expression de visage. Ravi, radieux, mécontent, énervé, en colère, studieux, fatigué, triste, joyeux, mort de rire, pas d'accord, pensif, attentif, surpris, médusé, illuminé, fou d'amour, désormais tout est une question d'attitude.

La nuit, Ariane rêve. C'est la grande réunion du début de l'année, où tout va se décider pour les élèves. Elle a lieu dans un amphithéâtre géant et rempli d'adolescents disciplinés comme dans le film

Divergente. À partir de leurs aptitudes cérébrales et physiques et d'une batterie de tests, ils vont être définitivement classés dans des groupes d'où ils ne pourront plus jamais sortir. Le grand prêtre de cette messe est Jean-Michel Blanquer lui-même. Du haut d'une estrade, il s'exprime en présence du gouvernement au complet, dont il a fini par prendre la présidence en tant que ministre du Redressement national :

— En résumé, annonce-t-il au micro, nous avons la possibilité de choisir trois castes :

1) La caste des savants : élites riches et scientifiques.
2) La caste des sportifs, ceux qui sont sélectionnés en fonction de leurs performances physiques en sport-études.
3) La caste des croyants : ceux qui ont choisi l'option littéraire et qui vivent dans le dénuement le plus total.
4) Ceux qui n'appartiennent à aucune de ces castes sont éliminés par la caste numéro 2.

Alors le jeune homme qui est à côté d'elle et qui s'appelle J. se penche et lui dit : Sauve-toi vite !

9.

Ma mère me dit d'rester sage. De laisser passer ce temps orageux. Sacha, le cœur lourd, monte les vidéos qu'elle a faites avec Lou sur la musique de la rappeuse Shay, dont elles sont fans toutes les deux. Lou est dans son esprit, dans son cœur, sur son portable. Sans cesse elle réécoute les messages audio de son amie, *Hello ma vie tu peux me rappeler ? J'ai un truc à te dire. Hyper important. Tu peux liker mon post ? J'essaye de percer sur TikTok. Hello j'ai trouvé un top trop cool sur Asos. Et je voulais te dire, j'ai grave aimé ta nouvelle photo de profil.* Jusqu'au dernier : *T'es où ? ça fait une heure que j'essaye de te joindre, j'suis au bout de ma vie.* Lou ne répond plus, coupée du monde et de ses amis, n'a plus d'Instagram, de Facebook, de WhatsApp et Sacha ne peut plus la joindre, ni lui parler, ni même savoir ce qu'elle fait. Elle se raccroche à ses souvenirs et ses photos qui sont les témoins du passé, de ce qui a existé, dans ce réel hybride entre la vie et les stories. *Lou ma sœur d'amour*, écrit-elle, *on avait dit que rien ne pourrait nous séparer, et si tu devais te jeter d'un pont pour moi tu le ferais, et les moments les plus gais de la vie sont avec toi ; alors pourquoi ?* Elle l'envoie, puis elle attend. Mais Lou ne répond pas, alors elle supprime tout. Que de messages envoyés depuis qu'elle est partie, laissés sans réponse.

Sur son compte Instagram, elle voit apparaître 160 likes à son dernier post, une photographie d'elle sur le pont Mirabeau, sous un beau ciel bleu où l'on voit la tour Eiffel. Ses amies, relations virtuelles, expriment à quel point elles la trouvent *canon, fraîche, trop belle, ma vie*. Et elle n'en revient pas d'avoir Jade comme abonnée et amie qui lui a envoyé un émoticône ! Elle se lève, se regarde dans la glace, arrange ses cheveux, les peigne, les triture, les trouve encore trop bouclés, prend son fer à lisser et tente de discipliner chaque mèche rebelle, pour atteindre une perfection dictée par Instagram, à réaliser soi-même à domicile, sans coiffeur. Puis elle s'interrompt pour répondre à Léo, qui l'appelle en FaceTime. Vite elle vérifie son teint et la texture de ses lèvres.

— Canon, ton dernier post, dit-il.

— Oh merci… Tu aimes ?

— Grave… T'as réfléchi pour mon anniv ?

— Oui… Je ne peux pas venir.

— Non, mais pourquoi… Je serais vraiment content si tu viens… Allez, dis-moi oui.

— En vrai, je t'ai dit. Ma mère ne me laissera pas.

— T'as qu'à pas lui dire. Invente quelque chose. Dis que tu dors chez une copine.

— Bah c'est compliqué… J'ai pas de copine.

— Tu fais quoi, là ?

— Rien… et toi ?

— Je suis dans ma chambre, mon père est en bas et je peux te dire que j'ai pas envie d'y être.

— C'est-à-dire ?

— Il travaille sur une œuvre, une sorte de basket géante, c'est pas intéressant. Je peux te voir ?

— Bah tu me vois.

— J'veux dire, j'aimerais bien te voir un peu plus, j'ai bien aimé ta photo, mais je suis sûr que tu pourrais faire mieux si tu te montrais plus. Tu vois ce que je veux dire ?

— Bah… non…

— Ben quoi… t'as pas confiance ? Tu penses que j'suis un mec pas bien ?

— Je sais pas. En vrai, on ne se connaît pas.

— Tu sais j'suis pas un bouffon.

— Ok, mais j'veux pas faire de nude si c'est ça que t'as en tête.

— Pff, je m'en fous des nudes. J'suis un 2003, j'suis pas un bouffon.

— Mais c'est pas contre toi ! Ne le prends pas mal.

— Je sais mais tu peux me croire. Je ne ferai jamais tourner, je te jure !

— Je sais mais je ne veux vraiment pas.

— Pourquoi pas ?

— Parce qu'en vrai, je ne me trouve pas super belle.

— T'as tort. Je te jure, t'as vraiment l'air d'être une meuf canon.

— Oui mais… j'aime pas trop les photos de moi. Même sur mes posts, t'as remarqué, je ne me montre jamais.

— Je te promets, avec moi tu risques rien… Tu veux me faire confiance ou pas ?

— Ben oui, j'aimerais. Mais je ne veux pas faire ce que tu dis.

— T'es sérieuse ? En fait, je suis rien pour toi, quoi. On dirait que je ne compte pas.

— Non mais Léo… C'est pas vrai… Ne dis pas ça… Tu sais que j'ai beaucoup d'estime pour toi…

— Alors, prouve-le-moi.

— Mais non. Oublie ça, laisse tomber. Je le ferai jamais.

En raccrochant, Sacha jette un œil aux stories sur Instagram, Léo en jogging s'est acheté des baskets, il est fier de les montrer, elles sont blanches, rouges et noires. Elle scrolle, elle apprend que Gigi Hadid est tombée de l'estrade lors de son dernier défilé, Chiara Ferragni lance une marque en collaboration avec un grand magasin, Jade a choisi un maillot de bain jaune pour ses vacances à Ibiza et Léo lui envoie un texto, il est vraiment déçu qu'elle ne vienne pas à sa soirée, il insiste, aimerait tant la voir, elle hésite, le rappelle en FaceTime audio, lui dit qu'elle aime son dernier post, ils parlent d'elle, de lui, des profs et de quelques personnes du lycée, elle sourit, opine, puis flattée, elle finit par lui céder, et promet de venir à son anniversaire, *quoiqu'il.*

10.

Léo n'est pas comme les garçons qu'elle fréquente : un séducteur qui évolue dans un monde où les jeunes sortent le samedi soir et s'amusent, où ils dansent, rient, jouent, fument, disent n'importe quoi, parlent de vêtements et de soirées, celles qu'ils organisent chez eux, celles où ils se rendent et celles qu'ils suivent sur Instagram. Pendant l'été, ils sont à Ibiza, le week-end, ils sortent et prennent des verres et des pizzas sur la terrasse des cafés. C'est peut-être pour cette raison qu'Emma est fascinée : parce qu'il est son contraire.

Dans sa chambre aux draps encore roses, elle parle avec lui en FaceTime : elle chuchote pour qu'on ne l'entende pas, lui demande s'il préfère être chez son père ou chez sa mère, et ce qu'il aime dans la vie.

— J'aime séduire, dit Léo, qui fume un joint, couché sur son lit.

— Oui, c'est ce qu'on dit, réplique Emma, touchée par cette confidence. Et pourquoi ?

— Je sais pas. Tout ça me fait beaucoup réfléchir.

— Tout ça… ?

— Depuis que je t'ai rencontrée, pour la première fois, j'ai l'impression d'avoir une relation vraie.

Emma ne sait pas quoi répondre.

— Et Jade ?

— Jade… je l'adore vraiment, on partage tout, il y aura toujours quelque chose entre nous, mais Jade, faut qu'elle se calme avec ses stories et ses posts, faut qu'elle grandisse et qu'elle arrête de faire la star, c'est gênant parfois, je veux plus lui parler, voilà maintenant tu sais tout sur elle et moi. Et toi, poursuit-il, tu as une amie ?

— Oui, Élise. Élise c'est ma seule amie, il faut rien dire sur Élise parce que c'est ma sœur, elle est vraiment tout pour moi mais bon, parfois elle est bizarre.

— Et moi ?

— Toi, je t'aime beaucoup.

— Pourquoi beaucoup ?

— Tu n'es pas comme tout le monde. Tu n'es pas de mon monde.

— Je veux dire… pourquoi rajouter beaucoup ?

— Ton petit jeu, ça me fait rire, en vrai.

— Eh bien, content de voir que je te fais rire.

— Non mais ne le prends pas mal, c'est pas ce que je voulais dire.

— Ok, mais tu veux quoi au juste ?

— Je t'ai dit, tu es mon ami… Comme je suis ton amie.

— Tu es une amie et tu ne l'es pas.

— Pourquoi ?

— Je veux qu'on soit plus que des amis. Je vais être clair, Emma. Je ne peux pas me satisfaire d'une simple amitié avec toi.

Le cœur d'Emma sursaute devant cet aveu auquel elle ne s'attendait pas. En tout cas, pas si vite, pas si sûr, pas ainsi. Elle a imaginé mille fois cette déclaration mais pas au téléphone au cours d'une conversation à bâtons rompus. Elle aurait aimé un moment solennel, un aveu romantique, un mensonge romanesque. C'est excessif et elle n'y croit pas, venant de lui. Déçue autant qu'attirée, elle préfère le fuir et se dire que décidément, leur relation est impossible et qu'il vaut mieux ne plus se voir. Elle l'a percé à jour, et ne va pas succomber à ce piège.

— Moi aussi je t'aime bien mais juste en ami, dit-elle.

— Je ne peux pas, je suis désolé, dit Léo.

— Pourquoi tu ne peux pas ?

— Toi, c'est pas pareil. Toi c'est autre chose.

— C'est quoi ?

— Je ne pourrais pas être ami avec toi, je te mentirais si je te disais que je le pouvais.

— Pourquoi pas ? demande Emma, qui connaît la réponse.

— Parce que tu me plais, Emma, dit Léo dans un élan de sincérité. Tu ne vois pas ? J'ai essayé de le taire, de le cacher, j'ai tenté de transformer mon sentiment en amitié, mais j'y arrive pas. J'ai trop de sentiments pour toi.

Emma rougit violemment, il y a un silence. À la fois gênée et émue, elle se trouve ridicule et pourtant elle a envie de lui plaire, de lui montrer qu'elle croit qu'une histoire est possible entre eux, qu'ils pourraient s'aimer, surmonter leurs différences, leurs divergences, leurs éducations, leurs préjugés, qu'ils feraient exploser tous les cadres comme dans les romans de Jane Austen, ensemble, dans la vie, en photo, en snaps, et même en stories. Elle aimerait qu'il puisse évoluer, montrer ses sentiments véritables et se révéler tel qu'il est, non tel qu'il voudrait être. Ou tout simplement, qu'il change, qu'il devienne celui qu'elle espère. Qu'il sorte de son personnage de séducteur juste par amour pour elle, qu'elle réussisse à le faire changer.

Le soir, elle ouvre la fenêtre et respire le parfum des arbres en fleur. Il y a dans l'air une douceur qui tombe rarement sur la ville, que l'on perçoit parfois lors des crépuscules d'été, lorsque tout le monde est parti en vacances et que l'air redevient pur. Elle y est sensible, elle qui aime la nature et apprécie les longues marches en forêt. Tous les étés, elle se rend au camp scout où elle se retrouve en rase campagne pendant trois semaines, sous la tente, à tout oublier, et à construire des tables et des bancs avec des ficelles et des morceaux de bois. Elle a besoin de ces moments loin de la ville et de sa vie. Elle y développe des liens avec les autres éclaireurs, venus de province, et avec qui elle partage le goût de l'effort, du don de soi et des œuvres caritatives. Bientôt, elle-même sera chef et s'occupera des louveteaux : elle a hâte d'assumer cette responsabilité. Elle a fait sa profession de foi, a juré de respecter son prochain et la nature, valeurs dans lesquelles elle a été élevée et auxquelles elle croit.

Devant sa fenêtre, entre chien et loup, la ville se prépare à sa traversée nocturne. Une légère brise se lève, comme un souffle avant la tempête. Cette tempête qui semble envahir son âme, son corps et son cœur. Le désir en elle, cette pulsation qui fait battre ses veines, la laisse haletante, vide et pleine tout à la fois. Les sensations, les tourments du corps lui donnent l'impression d'exister, pour la première fois peut-être. Elle découvre l'envie, l'âpreté, la volonté, la convoitise, le jeu de l'attente des messages écrits ou vocaux. Quand Léo lui a confessé être un séducteur, elle a eu l'impression d'être entrée dans son intimité, celle qu'il cachait aux yeux de tous. Elle a comme un pressentiment de quelque chose de grand et de terrible. Elle s'étend sur son lit, prend son téléphone, consulte les dernières stories de Léo, regarde distraitement les commentaires qui affluent au sujet de ses baskets, et voit soudain apparaître un message de Jade, avec un émoticône cœur rouge, cœur qui bat, cœur épris. Elle lui envoie alors le sien dans un message, un cœur brisé, puis elle le supprime.

11.

À l'aide d'iMovie, Sacha effectue un montage sur son iPhone, à partir des extraits de ses films préférés, ceux que sa mère lui a fait découvrir quand elle était plus jeune, *Les Demoiselles de Rochefort*, *Breakfast at Tiffany's*, *Elle et lui*, et ceux qu'elle est allée voir toute seule plusieurs fois car ils la font rêver, *La La Land* et *A Star Is Born*, des histoires d'amour impossibles entre personnages désabusés. Elle y ajoute des pensées glanées au gré de ses errances sur le Net et qu'elle a aimées, comme celles de l'instagrammeur Texthuman, qui lui-même cite les chanteurs, rappeurs ou poètes. *La courbe de tes yeux fait le tour de mon cœur* (Paul Éluard), ou encore *Agissez comme s'il était impossible d'échouer* (Churchill), *Il y a une question dans je t'aime* (Jean-Jacques Goldman).

Après avoir passé plusieurs heures sur iMovie, elle met son petit film en story sur Instagram et reçoit aussitôt un message de Jade, qui l'a déjà adoré, liké et partagé, et lui propose de l'emmener déjeuner. Sacha n'en croit pas ses yeux, Jade apprécie ce qu'elle fait et lui propose de la voir. Elle s'en étonne et attribue ce petit miracle au fait que l'influenceuse s'intéresse à ses films et ses pensées. Mais sont-ce vraiment *ses* pensées ? Elle ne sait plus, tant elle est surchargée d'informations et de mots, traversée de conseils et de tutoriels pour mener à bien sa vie, pour savoir ce qu'elle devrait être et ce qu'elle n'est pas, pour trouver la paix. *Le bonheur, c'est le plaisir sans remords* (Socrate). *Tu m'aimes et tu me fais plus de mal que mon ennemi* (Nekfeu). *Et si tu n'existais pas, dis-moi comment j'existerais* (Joe Dassin).

L'endroit est un petit boui-boui aux meubles en bambou où l'on sert du thé matcha, vert et mousseux. Jade a lissé ses longs cheveux bruns, a mis du vernis assorti à son rouge à lèvres, et ses yeux soulignés de mascara, de fard à paupières et de khôl fixent Sacha, afin de trouver le bon angle et la lumière pour sa prise de vue. Elles font un selfie : même maquillage, mêmes cheveux, même raie au milieu, on dirait des sœurs. Sacha n'en revient pas d'être associée à une photographie de l'influenceuse qui lui demande d'incliner la tête, de faire la belle puis la bête, de tirer la langue, ensemble, elles font un V de la victoire. Jade poste aussitôt ses prises de vue en stories. Sacha en profite pour les reposter sur son compte, en taguant Jade. Elle obtient ainsi 358 likes en moins de trois minutes. Un succès fou !

En attendant leur repas, elles se plongent toutes les deux dans leur téléphone pour regarder les dernières images de Bella Hadid sur Instagram, le mannequin vedette a fait les défilés Missoni, Etro et Versace, Kylie Jenner est en maillot de bain à la plage, face à Gigi, la sœur de Bella, qui après le show de Victoria's Secret est devenue un véritable « Angel ».

— Quelle chance, murmure Sacha, elle est trop belle.

— Oui mais le maquillage, ça aide, répond Jade, qui prend une photographie des sushis bien disposés sur l'assiette en bois avant de la poster en story. Chez moi, c'est pas seulement un hobby. C'est une nécessité. Je ne suis pas telle que tu me vois… En vérité, sous mon fond de teint, j'ai une forme d'acné assez rare.

— Je te crois pas ! s'exclame Sacha.

Jade prend son portable et lui montre une photo d'elle, au naturel. Sa peau boursouflée, rouge, est en effet grêlée de pustules et Sacha a peine à croire qu'elle réussisse à les dissimuler.

— C'est toi ?

— C'est moi. Sans fond de teint, sans Photoshop, en vrai.

— J'y crois pas ! répète Sacha, horrifiée et flattée de la confidence qui scelle leur amitié.

Elle a le téléphone de Jade en main, et sans que celle-ci s'en aperçoive, par instinct et par curiosité, elle s'envoie discrètement la photo compromettante.

— Mais comment tu fais ?

— T'inquiète, dit Jade. Tu sais que Chiara Ferragni s'est mariée ?

La plus grande des influenceuses d'Instagram, celle qui inspire toutes les autres, a en effet convolé avec un rappeur, après avoir eu son bébé qu'elle exhibe sur un bateau, dans une piscine, dans un restaurant, chez elle, dans un avion. Chiara Ferragni s'est fait connaître avec son blog « The Blonde Salad », qui a rencontré un tel succès que son business model est étudié à Harvard Business School. Son chiffre d'affaires est de dix millions d'euros. La célèbre instagrammeuse collabore avec les plus grandes maisons de couture et sa vie est un « rêve féroce », comme le dit Chiara. La naissance de l'Instabébé a été annoncée et célébrée par des millions de fans. Puis lorsque le père l'a demandée en mariage, la photo qui a révélé à tous ce moment intime de leur vie de couple a obtenu plus d'un million de likes. Le mariage a eu lieu en Sicile, sous un doux soleil de printemps. La jeune femme, plus blonde que jamais, portait trois robes que la maison Dior lui avait confectionnées et son fiancé était sponsorisé par la marque Diesel. Un parc d'attractions avait été construit pour la célébration avec une grande roue, un manège à chevaux, des machines, et bien sûr un gigantesque feu d'artifice ! Le tout était gracieusement offert par les couturiers de luxe avec lesquels Chiara a des partenariats.

— Moi on me propose souvent des collaborations, poursuit Jade, mais la plupart du temps, je refuse. La semaine dernière, une marque m'a offert 3 000 euros juste pour que je parle d'une crème.

— Non ! C'est fou !

— En vrai, j'ai pas besoin d'autant d'argent. C'est pas ça qui m'intéresse. J'ai ce qu'il faut. Je veux pouvoir choisir mes marques en fonction de mes goûts et de mes intérêts, pas de ce que ça peut rapporter.

— Et pour tes études, l'an prochain ?

— J'hésite. Mon école, c'est Instagram. L'an prochain, je pourrai m'y consacrer pleinement et faire grandir ma communauté parce que j'aurai beaucoup plus de temps.

— La chance, murmure Sacha.

— Alors, dit Jade, raconte-moi un peu ta vie. D'abord, dis-moi. Il paraît que tu kiffes Jules ?

— Non, pas du tout, se défend Sacha. Jules c'est un ami, mais il n'y a pas d'ambiguïté entre nous. Et puis on se parle plus en ce moment. Et toi ? Vous êtes toujours ensemble ?

— Non, on a cassé.

— Pourquoi ?

— Je sais pas. Je m'en fous, en vrai. Il ne m'intéresse plus, Jules. Et toi raconte-moi. Tu t'intéresses à qui ?

— J'aime bien Solal, avoue Sacha, qui a envie de se confier à l'influenceuse.

— Solal ? Parle-moi de lui…

— C'est un garçon de ma classe de musique. Il est au lycée aussi. On fait du violon ensemble. Je pense qu'il m'aime bien. Mais je sais pas quoi lui dire… En fait, je sais pas si je l'aime. D'un côté, je le trouve adorable, gentil et sympa, mais d'un autre, il est un peu bizarre.

Toutes les semaines, Sacha prend un cours de musique avec Solal. Quand il joue du violon, une sorte de vertige l'emporte, son cœur se met à battre, au point qu'elle se sent défaillir. Elle ne se croyait pas capable d'être aussi émotive. Le soir, dans ses draps blancs, immaculés, recouverts d'un plaid rouge, elle rêve parfois de lui. Elle en tremble et en sourit, imagine un baiser, puis se dit qu'il n'est pas question qu'elle sorte avec lui, qu'il n'est pas vraiment beau, et qu'il a quelque chose d'étrange et d'intense qui lui fait un peu peur.

— Parfois j'ai envie de le voir, conclut-elle, parfois j'ai pas envie.

— Tu devrais peut-être essayer…

— Essayer ?

— Pourquoi pas, dit Jade.

— Mais on essaye une robe… pas quelqu'un…

— Tu sais Sacha, dit Jade, soudain sérieuse. On est libres. On peut faire ce qu'on veut. On n'est pas comme nos mères dont les vies ont été détruites parce qu'elles se sont fait larguer. Ni comme nos grands-mères, dont les vies ont été gâchées parce qu'elles ne se sont pas fait larguer. On est toujours perdantes quand on fait sa vie par rapport aux mecs. Faut les prendre, si c'est utile, faire des enfants, si on en a envie, puis les jeter, si ça convient plus. Et se mettre une chose en tête : il ne faut pas dépendre d'eux. Sinon on sera toujours soumises. Tu vois ce que je veux dire ?

— Ah oui ? Tu crois vraiment….

— Je ferai jamais ma vie par rapport à un mec.

— Par rapport à quoi alors ?

— Mes abonnés ! Tu sais, dans le fond, ce qui est important pour moi, ce sont eux. Je leur dois tout, c'est eux qui m'ont faite telle que je suis, aujourd'hui. Et moi je fais tout pour eux. Je veux qu'ils soient présents à chaque instant de ma vie. Je partage chaque moment, chaque événement, mes sentiments, mes peines de cœur, mes problèmes, je ne leur cache rien, je suis transparente, sincère et vraie et c'est pour ça qu'ils m'aiment. Mais rien ni personne ne m'obligera à faire quoi que ce soit, ajoute-t-elle en se versant du thé matcha. J'ai déjà souffert pour un homme, et ça ne m'arrivera plus. Plus jamais.

— C'est Léo qui t'a brisé le cœur ? demande timidement Sacha.

Jade regarde Sacha, l'air pensif, et soudain, elle se lance dans un long monologue, comme elle le fait dans ses vlogs au débit saccadé, en agitant les mains, sur ce sujet qui « lui tient à cœur », et c'est en effet avec le cœur qu'elle s'exprime, ce qui touche Sacha, qui boit ses paroles, médusée et admirative.

— Léo, dit-elle, faut pas croire ce que tu lis sur le Net. Je l'ai choisi. C'est moi qui suis allée vers lui. Puis quand j'en ai eu marre, c'était fini. J'ai toujours préféré finir avant qu'on me le dise. J'ai beaucoup observé les hommes et parfois compris avant eux qu'ils ne m'aimaient plus. Alors je pars pour ne pas être quittée, et ils finissent par me regretter. Tu vois, ce qui est important, c'est de ne pas être leur esclave affective. Écrire sans réponse, attendre un sms pendant des mois, s'humilier à rappeler, stalker un mec sur Insta, ça, jamais ! Moi je suis capable d'avoir un mec un soir, et de l'oublier le lendemain, juste parce que ça me plaît, parce que je ne veux pas m'attacher. Tiens, tu veux que je te fasse une confidence ?

— Oui, dit Sacha. Bien sûr… Tu peux compter sur moi.

— L'autre soir, j'étais à une soirée, un peu ivre, j'ai rencontré un mec, on a commencé à flirter, je l'ai embrassé, le lendemain, j'avais la gueule de bois, et je me suis dit, qu'est-ce que j'ai fait ? Est-ce que je le voulais vraiment ? Est-ce qu'il en a profité ? Après tout, j'étais pas responsable puisque j'avais bu. Je sais même pas moi-même si j'en avais envie. Eh ben tu sais quoi ? J'aurais pu porter plainte contre lui, parce que vu mon état, j'étais pas capable de me défendre.

— Quoi ?! Mais… pourquoi tu aurais fait ça ? demande Sacha, éberluée.

— Pourquoi ? On a trop fait subir le pire aux femmes, on les a opprimées, harcelées, violées, sans qu'elles puissent ouvrir la bouche et pour la première fois, on peut protester, on peut se défendre, et on va continuer de se laisser faire ? Je veux me venger des hommes, pour tous, et pour nous toutes. Et perso, je ne veux plus ni tomber amoureuse ni m'engager parce que ça sert à rien. J'ai tout ce que je veux. Je gagne ma vie. J'ai mes amis. Qu'est-ce que je vais trouver de plus avec un mec ? Je ne vais pas m'encombrer d'un homme qui va me faire souffrir. En vrai, j'ai besoin de personne. Tu veux que je te dise ? Ils finissent toujours par nous jeter. Pourquoi ? Parce que c'est comme ça depuis le début et ça changera jamais. Sauf que… je suis très bien toute seule. Si j'ai quelqu'un, c'est pour qu'il m'apporte quelque chose, pas pour que ce soit un boulet et que je ramasse ses chaussettes… Et depuis que je suis célèbre, je peux te dire que j'ai l'embarras du choix.

— J'imagine, dit Sacha en ouvrant grand les yeux. Et Léo ?

— Léo, c'est pas pareil. Avec Léo on est amis.

— En vrai, pourquoi vous avez rompu, Léo et toi ?

— Léo est un cas à part. Chacun fait sa vie et on n'est pas faits pour être en couple. On est trop libres, tous les deux. Mais on est restés les meilleurs amis du monde. Léo, c'est mon frère, ajoute Jade avant de commander « deux mochis au thé matcha ».

Sacha rêve d'une relation semblable à celle qui unit Jade et Léo, elle aussi veut être libre, même si elle ne sait pas trop ce que ce mot implique. Elle pense à Solal, elle a l'impression que ce ne serait pas bien pour son image, si on les savait ensemble.

— Je te comprends, dit Jade, c'est essentiel, l'image que l'on donne de soi. C'est quelque chose que l'on construit, petit à petit. Tu sais, je vais te confier quelque chose, mais tu le gardes pour toi ?

— Oui, bien sûr.

— Je suis contente de ma réussite, mais je n'aime pas trop me voir en vidéo, je sais pas comment ça va rendre, j'ai toujours un grand stress avec mon visage...

— On ne dirait pas en tout cas... T'es trop belle en vrai !

— Oh c'est une longue histoire... Ce n'est pas ce que tu crois. J'aimerais bien te raconter ma vie, j'ai pas honte de le dire, je sais que je suis un exemple pour certaines personnes, mais tout n'est pas toujours facile pour moi... Ma belle-mère est horrible. Mon père dit qu'on forme une famille recomposée... En fait c'est plutôt la famille décomposée. Ses enfants, c'est *Moi, moche et méchant*. Mon père, il s'en rend compte mais il est lâche. Sur son téléphone, j'ai vu qu'il s'était inscrit sur Tinder. Il a rencontré une fille, elle a vingt et un ans, c'est un peu relou, tu ne trouves pas ?

— Ça doit pas être facile comme situation. Moi aussi ma mère elle me saoule parfois. Et mon père, je le vois jamais. Il dit qu'il travaille, mais en fait je pense qu'il ne s'intéresse pas beaucoup à moi.

— Moi mon père, il me lâche pas. J'en ai marre parfois ; il veut tout décider pour moi comme si j'étais sa chose.

Jade explique à Sacha que son père l'a initiée à Instagram et l'a aidée à devenir une influenceuse. C'est lui qui a remarqué sa photogénie alors qu'elle n'avait pas dix ans. Elle n'est pas grande de taille et avant que son visage ne soit dévoré par l'acné à l'adolescence, elle affirmait déjà son caractère, souligné par son physique avantageux, et par le regard de son père elle est devenue un produit. Il n'a pas hésité à lui indiquer les chemins de la vente. C'est-à-dire de la vente de soi. Elle a suivi ses recommandations et c'est ainsi qu'elle en est arrivée à gagner beaucoup d'argent, plusieurs milliers d'euros. Elle a fait don de sa personne, raconté son quotidien, dévoilé sa chambre, pour que tous puissent penser qu'ils étaient dans son intimité, ses passions, ses moments de joie comme ses petits coups de blues, afin que sa communauté se sente proche d'elle. En contrepartie, elle est devenue célèbre, a obtenu des centaines de milliers de fans, même si elle ne s'appartient plus. Elle est une jeune fille libre qui parle à ses abonnés, qui voyage, qui choisit ses marques et ses partenariats, telle une femme d'affaires de dix-huit ans. Elle pourrait en effet vivre seule, elle sait se faire à manger, coquillettes au pesto et recettes glanées sur Instagram, elle apprend ses leçons pour le lendemain, vit au jour le jour, elle n'a besoin de personne, répète-t-elle, sauf peut-être d'une vraie amie, ajoute-t-elle à Sacha avec un clin d'œil.

Celle-ci est émue. Malgré ses 750 000 fans et derrière son sourire Instagram, se cache une vraie détresse.

— Alors, dit Jade, on regarde l'Insta de Solal ?

— Il n'est pas sur Insta.
— T'es sérieuse ? Pas de photos ? Rien ?
— Rien.
— J'y crois pas. Il est trop chelou.
— Oui.
— Alors… laisse tomber !
— Bah… T'as raison…
— Viens, on appelle Léo.

12.

Léo ouvre le frigo, il a faim mais il n'y a rien à manger chez son père, alors il commande un hamburger avec des frites via Uber Eats. Avec ses AirPods, il écoute Nekfeu, *j'suis un mec à part, on vient pas de la même dimension, j'essaye de mener ma barque et toi tu me parles d'immenses yachts.* Il essaye de ne pas penser à Emma et pourtant tout le ramène à elle. Il lui a écrit plusieurs fois et elle n'a pas répondu, il se demande s'il doit poursuivre ou s'arrêter. Cette fille le rend-elle fou ? Pourquoi elle ? Est-ce parce qu'elle lui résiste ? Pourquoi occupe-t-elle toutes ses pensées ? Il y a chez elle quelque chose d'inatteignable. À chaque fois qu'il s'approche, elle le repousse. Quand il s'avance, elle se replie sur elle-même. Plus il lui écrit, plus elle prend de la distance. Quand il se dévoile, elle le reçoit avec froideur et circonspection. Elle se méfie de lui, et pense sans doute qu'il n'est pas crédible. Pourtant, il faudrait la rassurer sur la nature de ses sentiments. Mais comment faire ? Il songe à lui écrire une lettre, une vraie lettre manuscrite, il lui dirait, après une nuit d'insomnie et d'alcool, qu'il ne peut plus se taire. Il lui raconterait le désespoir d'être loin et l'espoir de l'approcher, l'intensité des moments où ils sont ensemble, le souvenir de cette journée passée à cheval à ses côtés, et le sentiment de liberté qu'il avait alors éprouvé. Et libres, ne le sont-ils pas ? Qu'est-ce qui pourrait bien les empêcher de faire ce pas l'un vers l'autre ? Il lui parlerait d'amour, tel qu'il l'a lu dans les livres, tel qu'il pense le vivre avec elle, si jamais elle y consentait. Qu'est-ce qui pourrait les en priver ? Ni les parents, ni la société, ni eux-mêmes. Tout lui semble possible.

La tête penchée sur son téléphone, il regarde le profil Instagram de Jade qui vient de poster une story avec Sacha, en même temps qu'il reçoit un sms venant de l'influenceuse.

— *Kestuf... ?*

— *J'ai commandé Uber Eats et toi ?*

— *Je suis avec Sacha.*

— *Bb tu me déçois, t'as même pas liké mon nouveau post !*

— *Ben voilà c'est fait.*

On sonne à la porte, c'est le livreur qui apporte le déjeuner. Léo, les AirPods sur les oreilles, jette un coup d'œil à son portable, tout en prenant la commande.

— On FaceTime ?

Il compose le numéro de Jade d'une main et de l'autre prend son paquet.

— Salut les filles ! dit Léo en entamant son repas.

— Salut… !

— Vous faites quoi ?

— On a fini de manger, et on a pensé à toi.

— Cool, dit Léo. Vous voulez que je vous rejoigne ?

— Eh bien, oui. Hein, Sacha ? T'en dis quoi ?

— Ben non, faudrait que je rentre chez moi.

— Bon, venez alors, on se retrouve chez moi, insiste Jade. Tu viens Sacha ? C'est juste à côté.

Une heure plus tard, ils se retrouvent chez Jade et Sacha n'en revient pas. Elle a l'impression de vivre un fantasme, de faire effraction dans le monde rêvé d'Instagram, d'être dans une story. Elle aurait envie de tout filmer comme chez des personnes célèbres mais elle se retient. Des moments pareils, elle n'en a pas beaucoup et elle a du mal à le savourer sans le saisir avec son portable, l'immortaliser et le garder, comme si un instant non photographié, non partagé n'était pas réel, comme si vivre sans images et sans se mettre en scène, c'était faire semblant. Elle songe à prendre discrètement une photo sans que Jade s'en rende compte, juste pour elle, même pas pour la poster, ou simplement en privé et à quelques amis, mais elle a peur de paraître novice et stupide. Au bout de l'appartement, au fond du long couloir, se trouve la chambre de l'influenceuse, que Sacha reconnaît tant Jade l'a mise en scène dans ses Room Tours. Une jolie chambre de fille où il y a encore des nounours et des poupées et une quantité impressionnante de parfums, crèmes, palettes de maquillage entreposés sur une commode. Sur un canapé repose une dizaine de paquets non ouverts, et à côté des vêtements neufs et des maillots de bain, pêle-mêle.

— Tu reçois tout ça ? dit Sacha, admirative.

Au début, explique Jade, c'étaient des petits paquets qui contenaient quelques « cadeaux », des vêtements, du maquillage, des sacs, des bijoux, des valises de marque, ensuite sont venues les invitations dans des restaurants, des hôtels, des cocktails de lancement de produits. Autant de présents qu'elle ouvrait avec curiosité et délectation, de surprises qu'elle s'est mise à espérer, à guetter, puis à commander quand elle aimait les produits, jusqu'au jour où elle s'est aperçue qu'il ne s'agissait pas d'un jeu mais d'une « profession ». Défaire les emballages des offrandes quotidiennes, de plus en plus grandes, de plus en plus chères, lui prenait un temps fou et il fallait ensuite en assurer la promotion. Elle s'est habituée à recevoir tous les jours des dizaines de paquets, puisque sa vie numérique avait pris le pas sur le reste, et ses vidéos étaient devenues virales. Jusqu'au moment où elle s'est retrouvée face à un problème de stockage. Elle ne pouvait plus les accumuler, faute de place, il a fallu les donner à ses proches, à ses amis, et même après avoir inondé famille, copines et voisins, il en restait encore, des bijoux, des robes, des chaussures, du maquillage, des parfums, des crèmes, des savons, à profusion.

Sacha, Jade et Léo s'installent ou plutôt se posent sur son lit avec un joint et leurs portables, partagent les photos et vidéos de leur téléphone, répondent à leurs messages sur WhatsApp, discutent avec d'autres amis, échangent photos et smileys, et finissent par se demander : on fait quoi ?

— Tu veux pas fumer ? demande Jade à Sacha.

— C'est quoi ?

— De l'herbe. Essaie !

Sacha n'en revient pas. Cette fois, c'est vrai. Elle prend le joint, tousse horriblement, les autres sourient. Elle entre dans la story. Elle plane, observe Jade qui se maquille, qui s'habille, essaye des tenues et leur demande ce qu'ils en pensent, change à nouveau, n'arrive pas à se décider, elle a tant de marques, tant de crèmes, tant de maquillage que le choix semble impossible. Elle est si belle, hystérique et obsessionnelle.

Tour à tour, ils se passent la cigarette et se mettent à rire, complices, heureux et légers, innocents encore.

13.

D'un ton rapide, Léo avale ses mots, et de son débit rapide, il annonce à Jade qu'il a accompli sa mission : il a séduit Sacha, a obtenu les preuves qu'elle exige et se fera un plaisir de les lui donner, si elle lui dit à quelle fin. Il ne souhaite pas que cela lui nuise, ni à sa victime. Il a déjà failli être renvoyé de l'école après avoir été insolent avec la CPE, et il a même été convoqué par la directrice. Il n'a pas l'intention de rater ses études pour les beaux yeux de Jade.

Puis il lui raconte tout : depuis leur dernière discussion, il voyait Sacha troublée, hésitante, et pour tout dire réticente, mais il a réussi à obtenir un rendez-vous. Ils sont allés au cinéma pour voir le dernier Marvel, il a oublié quels en étaient le titre et l'histoire, tant ils se ressemblent tous. Elle était étonnée de se retrouver là avec lui. On aurait dit que c'était la première fois, et à vrai dire, il a compris que c'était le cas, qu'elle n'était jamais sortie avec personne !

À partir de là, c'est devenu drôle. Elle a posé sa main sur l'accoudoir, il l'a prise, elle l'a retirée, il l'a reprise, elle la lui a laissée au moins cinq minutes, puis l'a enlevée. Ce petit ballet a duré tout le temps de l'interminable séance. Après ils sont allés prendre un café, elle le regardait d'un air troublé, elle était perdue, ne savait plus quoi dire ni penser, alors sans lui demander la permission, il l'a embrassée. Le soir, il l'a appelée par FaceTime, ils ont parlé pendant un moment, puis il a exigé une photo d'elle, un nude. Bien sûr, elle ne voulait pas, elle s'est mise à pleurer en évoquant son amie Lou. Elle lui a raconté son histoire pour l'attendrir, mais il s'est montré dur et cassant, puis blessé et triste, bref il ne lui a pas laissé le choix et ensuite il s'est montré rassurant et lui a dit qu'elle pouvait lui faire confiance. Et elle a fait ce qu'il lui a demandé !

Léo, sans attendre le commentaire de Jade, allume sa PlayStation. Il devient Ikonik, le personnage aux baskets rouges de Fortnite. Mystérieux et énigmatique, il se bat contre les monstres, traverse les villes et les forêts, déjoue les pièges, il doit aller vite et parer aux coups pour survivre. Le casque sur les oreilles, il joue en réseau avec d'autres, et fait partie d'équipes volantes qui n'hésitent pas à se dissocier suivant les enjeux et les adversaires.

En même temps, il écoute le message vocal de l'influenceuse qui le félicite chaleureusement, il est tel qu'elle le connaît, décidément personne ne lui résiste ! De son côté, elle s'est rapprochée d'un certain jeune homme qui n'est autre que l'amoureux de Sacha. Solal : le grand à la capuche, qui se promène parfois avec un violon. Elle l'a abordé un jour dans la cour de l'école, lui a dit qu'elle rêvait de prendre des cours de musique. Quel genre ? La grande musique. Angèle, Billie Eilish, Jul, Orelsan. Elle l'a flatté, lui a demandé de lui montrer son instrument, s'est extasiée, et si son ramage se rapportait à son plumage… Elle l'a prié de l'initier à son art, et lui a fixé un rendez-vous.

Ikonik est entré dans une maison vide, il se méfie. Les monstres viennent de surgir et il doit les combattre tous les trois à la fois. Puis deux messages vocaux se croisent sans se répondre, celui de Jade et celui de Léo qui parle de la fille qu'il a rencontrée, cette fille très belle, un peu hautaine et charmante qui s'appelle Emma et qui est élève à l'école catholique. Il précise comment il a fait sa connaissance, au début c'était rien, comme ça, un jeu, puis elle a retenu son attention et il s'est lancé le défi de la séduire. Mission presque impossible : Emma est réservée, fragile, naïve, elle va à l'église le dimanche, ses parents sont croyants, elle a trois frères qui sont ses gardes du corps. Trois monstres l'encerclent,

Ikonik ne parvient à en tuer qu'un seul – les deux autres sont après lui et n'ont pas l'air content –, il tente de s'échapper au sommet d'une tour, l'un d'eux l'a suivi, se dirige droit vers lui et lui tire dessus, heureusement un autre skin de son équipe l'a repéré et l'achève d'un violent coup de piolet. Il s'en est fallu de peu. Léo repense à Emma, toujours heureuse de le voir mais qui se méfie. Il sent qu'elle s'intéresse à lui, qu'elle le guette lorsqu'elle sort de son lycée, devant lequel il l'attend souvent. Ils s'envoient des textos avec des émoticônes. Il cultive cette ambiguïté et mesure les progrès qu'il accomplit dans son cœur, petit à petit, à chaque message auquel elle répond, dans un délai qui se raccourcit de jour en jour. Il peut voir quand elle les a lus. Il est sûr de ses avancées dans son monde numérique ; il pense qu'en créant cet horizon d'attente elle ne pourra plus se passer de ses petites attentions.

Ikonik poursuit sa course folle à travers des maisons vides qu'il traverse à toute allure, une balle l'atteint mais il fonce vers son destin, Léo reçoit un sms de Sacha, lui envoie un snap d'une main, et de l'autre dirige Ikonik qui arrive dans une forêt. Il lui demande comment elle va, ce qu'elle fait. Il est certain de parvenir bientôt à ses fins. Qu'Emma tombe amoureuse de lui et qu'enfin elle lui appartienne ! Qu'il vienne à bout de ses adversaires pour gagner la Battle Royale !

Jade écoute ce message vocal sans sourire. Elle est heureuse que Léo se confie à elle, mais elle est jalouse de la nouvelle égérie. Ikonik, lui, a été massacré dans une grange par le nouveau skin Harley Quinn, une petite brune à couettes et en short énervée et armée d'une batte de base-ball avec laquelle elle fracasse tout ce qui passe sur son chemin.

14.

Solal attend Sacha devant le Conservatoire, le visage dissimulé sous sa capuche, les sourcils froncés et la bouche pincée, l'air renfrogné et presque inquiétant. Ses cheveux, contrairement à ceux de Léo, sont véritablement décoiffés, tout comme ses habits qui sont vraiment froissés. Solal a l'allure juvénile, il n'est pas loin de l'enfance, même s'il est déjà presque un adulte. Il adresse un regard volontaire à sa professeur de violon qui le croise. Autoritaire, elle l'impressionne mais c'est avec elle qu'il peut exprimer son idéalisme et son romantisme. Il ne se sent pas tout à fait à l'aise dans ce monde. Souvent rêveur, son esprit s'aventure vers le futur et vagabonde vers le passé. Avec les filles, il ne manque pas de succès mais dans la cour de récréation, il se tient à l'écart et observe, silencieux, les groupes animés autour de lui sans jamais participer aux discussions qui ne semblent pas l'intéresser, ni aux disputes qui le font sourire.

— Je t'attendais, dit-il à Sacha, en la voyant arriver.

Ses AirPods enfoncés dans les oreilles, elle écoute Orelsan : « Le passage à l'âge adulte est glissant dans les virages. Devenir un homme y a pas de stage, pas de rattrapage. »

— Tu as eu ton cours de violon ?

— Oui, dit-elle, en éteignant la musique. Et toi ?

— J'ai eu mon audition.

— Ça s'est bien passé ?

— Je sais pas… J'avais du mal à me concentrer.

— Je suis sûre que t'as cartonné.

— Tu viens, on va se promener ?

— C'est gentil mais je dois rentrer chez moi, décline Sacha. Ma mère me saoule pour que je travaille.

— Je comprends, dit Solal. Mais si jamais… ça me ferait plaisir de te jouer mon morceau.

Sacha sourit. Elle repense à ce que lui a dit Jade, on ne peut pas être avec quelqu'un sans images, sans amis, sans Instagram, et même si elle aime bien Solal, elle apprécie son air timide, son regard qui marque comme une distance, il est clair qu'il ne fait pas partie de leur bande, puisque désormais c'est aussi la sienne, qu'il n'en sera jamais.

— Et puis, ajoute-t-il, il faut que je te parle. Allez viens…

Sans lui laisser le temps de répondre, Solal entraîne Sacha sur les quais de Seine. Il fait beau et doux en cette fin d'après-midi. Sacha s'assied sur un banc sous le pont Mirabeau et Solal sort son violon. Il vient d'une famille de sportifs, son père était un ancien nageur, professeur d'EPS qui l'a entraîné dès son jeune âge. Mais au grand dam de ce dernier, il a quitté le sport-études pour faire de la musique, il se distingue dans les matières littéraires et a choisi l'option humanités, mais lui non plus ne sait pas encore ce qu'il souhaite faire de sa vie.

Il love l'instrument contre son cou et commence à jouer. Pour elle, les notes s'envolent, et enveloppée par l'aria pendant un moment, elle voyage, elle oublie tout, elle sourit, suspendue dans l'atmosphère. Solal la regarde, il y a comme un charme entre eux, que l'on peut déceler à travers un clin d'œil, un battement de cils un peu trop vif, quelque chose d'indicible, d'indéfinissable qui fait sursauter le cœur, avant qu'un doute aussitôt s'installe : peut-être n'est-ce pas vrai, peut-être n'est-ce pas pour moi ? Et c'est dans ce « peut-être », justement, que réside le sentiment, celui qui enquête, qui cherche et qui espère. La musique ouvre un espace de liberté, d'échange, d'harmonie inespérée. Sous les doigts agiles de Solal, une déclaration se glisse. Il arrête soudain, ils se regardent, et au moment où il va se lancer, Sacha se penche sur son portable pour consulter une notification du site de vêtements Asos. Que va-t-elle porter à la soirée de Léo ? Elle n'a rien dans son armoire, elle pense à un tee-shirt et une minijupe en cuir avec des bottines. Solal s'arrête et regarde Sacha, décontenancé.

— Tu ne veux pas jouer avec moi ? demande-t-il.

— Si tu veux, dit Sacha, sans conviction.

Elle sort son violon de son étui mais ne connaît pas bien sa partition, *Après un rêve*, de Fauré : « Je rêvais le bonheur, ardent mirage », disent les paroles. Quelques notes se pressent, s'évadent en un moment suspendu, qui n'a plus lieu d'être et qui pourtant perdure.... Ils jouent à l'unisson et les notes se cherchent, se trouvent et se caressent, puis se séparent et se disputent, se reconnaissent dans une mélodie fugace avant de s'échouer dans un diminuendo. Un pur moment de poésie, interrompu par la sonnerie du portable, qui n'a pas été mis en mode avion. C'est Léo qui appelle Sacha. Elle ne lui répond pas ; depuis l'autre soir, elle attend un coup de fil de lui, qui n'est pas venu, elle en est blessée, désespérée, tout comme Solal, qui la voit décidément happée ailleurs, insaisissable et triste, perdue.

— Qu'est-ce que tu voulais me dire ? demande Sacha à Solal.

— Eh bien, c'est pas simple à avouer, mais… voilà, je te demande de me comprendre. J'espère que tu vas pas mal le prendre mais…

— Quoi ? demande Sacha, inquiète. Y a quelque chose qui va pas ?

— Je pense que tu sais quoi…

— Que je sais quoi ?

— Bah. Entre nous il y a quoi ?

— …

— Quelque chose d'autre que de l'amitié.

— Tu veux dire… tu me détestes ?

— Oh non… Non pas du tout. Au contraire. Pourquoi tu dis ça ?

— Bah c'est toi qui es mystérieux, t'as l'air bizarre. Dis-moi ce qui ne va pas ?

— Ce qui ne va pas ? Rien. Rien ne va. En fait, j'arrive même plus à parler, tellement je suis énervé.

— Tes parents te saoulent ?

— Oui. Enfin non. Enfin oui mais c'est pas le sujet.

— C'est quoi le sujet ? Pourquoi t'es énervé ?

— Je suis énervé… par moi. Je m'énerve tout seul… Enfin voilà, me regarde pas comme ça… J'ai l'impression de passer le Grand O du bac et je me souviens plus de rien. Je te jure, j'ai les mains moites.

Sacha sourit, gênée. Elle savoure ce moment en même temps qu'elle en a peur. Elle ne veut pas qu'il se déclare. Elle ne saurait pas quoi lui répondre.

— Bon je t'écoute, dit-elle en prenant place à ses côtés, sur le banc.

— En vrai, je te trouve belle, et intelligente, et adorable. Depuis que je te connais, c'est comme si ma vie avait changé du tout au tout ; c'est pas simple à avouer mais... je... Merde. Pardon, je voulais pas dire ça.

— Quoi ?

— Merde.

— Bah ne le dis pas alors.

— Non, pas ça.

— Quoi alors ?

— Ben ces banalités. J'avais préparé quelque chose. Je sais pas ce qui m'arrive, je l'ai pourtant répété dix fois, cent fois.

— Mais... ? Je comprends rien, là...

— Je suis perdu, je sais plus quoi dire. Je te respecte en fait, je veux dire, j'ai beaucoup d'admiration pour toi. Peut-être tu sais pas qui je suis. J'ai l'impression que je ne suis pas très clair, là....

— Ouais c'est vrai. On te voit jamais avec personne... Dans la cour, t'es seul la plupart du temps. On dirait que t'as pas d'amis, que tu fais cavalier seul. En vrai, t'es pas comme les autres.

— Cavalier seul. C'est bien ou c'est pas bien ?

— Ben seul c'est bien. Solitaire, c'est autre chose.

— Solitaire, oui. Mais non en fait. Pas du tout. Enfin j'aimerais pas. J'aimerais que...

— Que ?

— Non c'est pas ça. Je crois que… Non c'est rien, allez viens, tu dois rentrer, non ? ajoute-t-il, l'air furieux, en rabattant sa capuche et en reprenant son souffle comme s'il venait de faire un jogging. Je te raccompagne.

15.

En classe de philosophie, Sacha écoute le professeur qui parle de Kant et de sa *Critique de la faculté de juger*. Elle réfléchit intensément. L'instant est critique, en effet. Et la faculté de juger, elle l'a perdue. Elle n'a toujours pas trouvé la tenue idéale pour l'anniversaire de Léo. Elle a passé en revue toutes les stories des influenceuses mode et s'est rendu compte à cette occasion qu'elle n'avait rien de ce qu'elles portent en ce moment.

Après l'école, en rentrant chez elle, elle essaye quelques vêtements et se regarde dans le miroir, se déplaît, en saisit d'autres, prend des poses, puis cherche à nouveau dans son armoire, sort tout et, furieuse, finit par jeter les habits au sol. Sa mère arrive, lui demande ce qui ne va pas. En fait, rien ne va. Toutes ses jupes sont trop longues, trop sages, trop sombres, trop lourdes et elle se trouve trop grosse... C'est normal de forcir à l'adolescence, Sacha a tout arrêté, la danse, le tennis et la natation.

Elle est vexée, elle se sent mal dans sa peau, elle a beau se lisser les cheveux, elle ne sera jamais comme Chiara Ferragni, mince, avec une taille de guêpe mais pulpeuse, en maillot de bain, en robe, en boîte, en verve, en live, à Ibiza, à Formentera, à Saint-Tropez, à Los Angeles, à Miami, à Paris, sur un bateau, dans un restaurant, devant une piscine, dans un spa, sur un balcon, dans un magnifique jardin, dans la rue.

Sacha enlève sa robe et la jette par terre, écœurée, en regardant sa mère. Non elle n'a pas lu son livre pour le contrôle d'histoire, non elle n'a pas fait ses devoirs, non elle n'a pas idée de ce dont il est question en classe de philo et à vrai dire, elle s'en fout. Elle veut juste que sa mère arrête de la harceler.

Ariane regarde sa fille, déstabilisée par son désarroi.

— Mais qu'est-ce qui te prend, Sacha ?

Elle qui était si douce, si gentille, si conciliante. Que se passe-t-il ? Pourquoi Sacha est-elle toujours de mauvaise humeur ? Pourquoi regarde-t-elle en permanence son portable ? Pourquoi se montre-t-elle si désagréable ? Pourquoi lui rappelle-t-elle son père, par ses mimiques haineuses ?

Mais soudain Sacha la considère avec une certaine aménité. Elle ne fait pas son âge. Toutes les mères ont l'air d'être plus vieilles qu'elle. Soudain, elle voudrait un câlin. Elle a besoin de se confier, c'est un moment dont il faut profiter. Mais Ariane a compris le manège. Toutes ces flatteries ne sont donc qu'une mise en scène pour aller à la soirée de Léo. Elle accepte, à une condition : celle de mettre Qustodio sur son portable.

— Un logiciel de contrôle ? s'exclame Sacha, scandalisée. Mais c'est sadique, pourquoi tu veux savoir ce que je fais, c'est de la torture morale, du flicage ou quoi ?

— Surveille ton langage, dit Ariane, ou tu seras punie. Regarde ce qui s'est passé avec Lou.

— Pourquoi tu parles de Lou ? s'écrie Sacha, en pleurs. Tu fais tout pour que je me sente mal. Tu sais même pas ce qui s'est passé avec Lou.

— Que s'est-il passé ? Dis-moi…

— Tu veux savoir ? Un mec a pris une vidéo d'elle et l'a mise sur les réseaux. C'est pas elle qui était responsable. Mais Lou allait en boîte, elle sortait avec des mecs, elle fumait des cigarettes et je ne fais rien de tout ça ! Je n'ai pas mérité ça !

— Mais c'est pas une punition, Sacha. C'est pour te protéger.

— De quoi ? De qui ?

— Si c'est pas moi qui te surveille, c'est ton portable ! Toutes les données que tu fournis à ton insu, tous les jours, à chaque fois que tu l'ouvres, tu sais à quoi ça sert ?

— À quoi ?

— À t'analyser pour te vendre des choses ; je connais bien le processus, c'est mon métier.

Ariane lit la notice de l'application Qustodio avant de l'installer avec sa fille qui obtempère, à contrecœur, excédée par cette exigence et par les mauvais traitements qu'elle subit. « La stimulation constante des écrans n'est pas une bonne chose. Passer trop de temps devant un écran peut entraîner une fatigue oculaire et réduire l'activité physique nécessaire au bon développement de son cerveau et de son corps. Assurez-vous que votre enfant fasse des pauses à l'écart des écrans afin d'utiliser sa vision de loin et de se dégourdir les jambes. Veillez à ce qu'il se lève, se promène et regarde des objets plus éloignés au moins toutes les 20-30 minutes. Basculer constamment d'une application à l'autre sans terminer la première activité augmente l'impulsivité et diminue la tolérance à la frustration. » Sacha n'écoute plus, elle ne pense qu'à sa robe, son pantalon, sa jupe, son haut, son bas, ses chaussures, ses cheveux, son maquillage, son sac, produits de son désir fluctuant et évanescent né du flux d'Instagram.

— Voilà, dit Ariane en prenant son portable. Je vais mettre des restrictions.

— Des restrictions ? Non mais je rêve ou quoi ? Tu me prends pour un bébé en fait.

— Non c'est le contraire. Pour une adulte, justement, inexpérimentée… Sacha, c'est une conversation un peu gênante, mais il faut que nous l'ayons.

— J'ai peur… dit Sacha. De quoi veux-tu me parler ?

— De la pornographie sur le Net.

Sacha la considère, l'air stupéfait.

— Quel rapport ?

— Parce que… chacun y est exposé et en particulier les adolescents qui sont vulnérables. En six ans, l'humanité a regardé l'équivalent d'un million deux cent mille années de vidéos pornographiques et a visité quatre-vingt-treize milliards de pages sur les plateformes gratuites.

— Mais ? De quoi tu parles ? Tu crois vraiment que je fais partie de… l'humanité ? Quelle humanité, d'abord ?

— J'en viens à me poser la question…

— Mais pourquoi tu m'agresses ? T'es jamais contente. Tu as toujours quelque chose à me reprocher. On dirait que tu ne m'aimes pas.

— Mais si, je t'aime ! C'est la raison pour laquelle je me fais du souci pour toi.

— Tu vois pas que c'est insupportable, ton attitude ? On peut pas être cinq minutes tranquille ?

— Écoute Sacha. Je veux juste te protéger contre ce monde qui t'entoure. Te laisser agir libre sur le Net, c'est comme si je te laissais sortir seule le soir dans n'importe quel quartier malfamé. En droit, ça s'appelle un défaut de surveillance.

Sacha ouvre des yeux ronds. Elle ne semble pas avoir la moindre idée de ce que veut lui dire sa mère.

— … Mais pourquoi tu me racontes ça ? Et en quoi ça me concerne ? Tout ce que je regarde c'est *Les Anges de la téléralité*.

— Ça te concerne parce qu'avec la téléréalité et les réseaux sociaux justement, ton imaginaire est captif.

— Mais toi, dit Sacha, on dirait que t'as jamais été jeune. Et puis, tu penses que j'ai envie de parler de ce sujet avec toi ?

Sacha regarde son téléphone, l'air concentré, et pianote nerveusement pour envoyer un texto.

— Tu peux arrêter de consulter ton portable pendant que je te parle ?

— Tu sais quoi ? hurle-t-elle, hors d'elle. J'en peux plus !! Je vais aller vivre ailleurs et tu ne me verras plus, plus jamais !

Le soir, dans son lit, Ariane se sent seule. Où est-elle, la petite fille qui venait lui faire des câlins et qui ne pouvait plus se passer d'elle ? Elle consulte son profil depuis l'application installée sur son propre téléphone : Instagram, YouTube, Sacha n'a pas arrêté de passer de l'un à l'autre, frénétiquement. Puis Facebook. Facebook ? Elle ne savait pas qu'elle y était. En cliquant sur l'icône, Ariane s'aperçoit qu'elle a pris un pseudo pour éviter de se faire repérer. Sur YouTube, elle regarde les vidéos d'une certaine Jade, qui s'exclame, la bouche en cœur : *Bonjour mes amours ! Tout d'abord, je voulais vous remercier car grâce à vous, je viens de passer la barre des 800 000 abonnés, et j'en suis très très très fière ! Merci les amis, hashtag je vous aime hashtag c'est chanmé ! Et pour fêter ça regardez où je suis ! Dans l'endroit le plus incroyable du monde !* 523 340 vues. Jade a posté des vidéos de l'île de Santorin où elle a été invitée par une marque de vêtements pour s'exhiber avec d'autres instagrammeuses en tenues d'été, devant la mer, devant une piscine, dans un café, dans un hôtel de rêve. Il y a aussi Mayadorable devant un magnifique « couchée (sic) de soleil », avec LénaMahfouf, qui est tellement heureuse de « s'épanouir dans un métier créatif » où elle ne « dépense pas son énergie en choses futiles », toutes les deux sont en shooting de maillots de bain, rouges, verts, bleus, violets, en vernis rouges, jaunes, orange, cheveux lissés, maquillage, œil de chat. Santorin : la plage, la mer d'un bleu azur, les maisons d'un blanc immaculé, les piscines turquoise, les contrastes de couleurs sont tels qu'il est inutile de les retoucher, « hashtag no filter ».

Ariane, qui reconnaît là un monde dérivé du marketing digital, est inquiète pour sa fille. Elle voudrait l'emmener quelque part, loin de ces images qui l'obsèdent, de ces voyages invraisemblables et de ces vies de pacotille, quand soudain son regard s'arrête sur un message WhatsApp, une discussion entre Sacha et un jeune homme qui s'appelle Solal.

— *C'était super cet après-midi…*

— *Grave.*

— *Pour moi c'était la première fois.*

— *Ah oui, tu l'as jamais fait à deux ?*

— *Ben non. Je l'ai déjà fait à plusieurs mais jamais en duo. C'était hyper fort, pour moi. Mieux que tout seul en tout cas.*

— *Pour moi aussi.*

— *J'ai eu comme un flash.*

— *Quoi ?*

— *On était tous les deux, comme dans un autre monde. Un monde à part, qui n'appartient qu'à nous.*

— *C'est le romantisme. Ça fait toujours cet effet.*

— *C'est sûr, oui. Mais pas seulement.*

— *C'est-à-dire ?*

— *C'est toi et moi, quand on joue.*

— *C'est qu'un moment.*

— *Non, pour moi, c'est l'éternité.*

— *Je suis choquée.*

— *Pourquoi ?*

— *Tes mots, ils sont forts.*

— *Rien n'est assez fort pour dire ce que je ressens quand on le fait ensemble. Tu sais ce qui serait super ?*

— *Non ?*

— Qu'on fasse une fugue.

— Juste toi et moi ?

— Oui, tous les deux. Mais une belle fugue, tu voudrais pas ?

— Oh oui, j'adorerais !

— Ok, je me charge de tout, je te dirai quand alors.

— Ça marche, laisse-moi juste le temps de me préparer.

— Bien sûr. Mais ne dis rien à personne. Ce sera notre secret.

— Ok. Promis.

— Je suis fou de joie, Sacha. Tu vas voir… Tu vas pas le regretter. Même si c'est difficile, t'inquiète, ça va être génial !

16.

À contrecœur, Sacha a accepté de vendre son âme, c'est-à-dire ses données, pour un peu de liberté. En échange de l'installation de Qustodio, elle a obtenu la permission de minuit pour se rendre à la soirée de Léo. L'anniversaire a lieu dans l'appartement du père de son nouvel ami, un atelier-loft à Bastille où il exerce son art de sculpteur et de vidéaste. Dans une grande pièce en sous-sol éclairée par des bougies LED, des jeunes filles aux cheveux longs défilent en jeans ou en minijupes avec des tee-shirts et des chaussures à talons hauts : vraies petites Lolitas, elles fument des cigarettes électroniques d'une main et tiennent leur portable de l'autre. Jeunes beautés apprêtées et négligées à la fois, aux jeans troués et aux mini-hauts moulants qui laissent voir le nombril et les épaules, piercings, bagues et colliers ras du cou, cheveux lisses, blonds ou bruns, elles s'agitent, le smartphone en main, et photographient férocement tout ce qu'elles voient.

Sur la voix électronique de Damso, certains dansent tout en faisant des stories. « Je crois que je me ramollis, j'suis tombé love. Je plane oh God, nan je pars en vrille. » Sacha, qui vient d'arriver, parée comme une baby doll, cherche naturellement Lou du regard, mais elle n'est pas là. Discrète amie de cœur qui ne sort plus. Habillée d'une mini-jupe en skaï et d'un tee-shirt moulant, elle aurait annoncé qu'elle avait l'intention de rester *célib* avant de se précipiter sur le premier venu, beau garçon à la gueule d'ange, en dépit du discours qu'elle venait de servir avec toute la conviction du monde. Elle a envie de la voir, de l'avoir avec elle, de l'appeler mais c'est peine perdue, elle s'appelle Lou, mais elle ne répond plus quand on l'appelle. Elle s'appelle Lou mais elle a un millier de sobriquets. Elle ne s'appelle plus Lou, elle n'est plus rien, plus rien du tout, elle ne s'appelle plus, on ne l'appelle plus.

Léo, lui, est occupé à prendre des snaps avec ses invités. Sacha dans son coin, timide, effacée, ne connaît pas les amis de son hôte. Elle se demande ce qu'elle fait là et se dit qu'elle n'aurait pas dû venir car elle a l'air seule, sans amis. Elle a défait sa queue-de-cheval et ses cheveux longs tombent en cascade sur ses épaules, elle porte une petite robe noire qu'elle a achetée pour l'occasion et elle a emprunté les chaussures de sa mère. Elle a l'air d'une jeune fille, presque une femme. Dans le noir, personne ne la remarque, sauf Léo qui vient lui parler et soudain le visage de Sacha s'éclaire d'un sourire, que le garçon lui rend. Il est heureux, il est content de la voir, il lui demande si elle veut quelque chose à boire, elle ne sait pas quoi répondre. Il lui propose de rejoindre la piste. Sacha le suit, se met à danser avec lui et les autres. Son regard se pose sur elle, il s'approche, l'enlace, elle se défait de son étreinte mais laisse sa main dans la sienne pendant quelques minutes. Elle veut tout à la fois fuir et se jeter dans ses bras.

— Je suis content que tu aies pu venir, murmure-t-il dans son oreille.

Mais le regard de Léo se détourne car la voici dans sa combinaison rouge et argenté : Jade, la star de la soirée. Tous la dévorent des yeux. Jade… Elle est incroyable ! Toute petite, menue, si belle, qui sourit, dit bonjour, prend un snap, une pose, un verre, un snap, un salut, un snap, un sourire. Elle se dirige vers Léo, lui tend un cadeau. Il lui fait une bise, ouvre la boîte qui contient une montre. Il en rêve, depuis qu'il l'a vue sur sa story, il la remercie et l'enlace longuement, avec effusion.

Sacha les observe, un peu vexée. Léo était avec elle, Jade le lui a volé en deux claquements de doigts, et la voilà à chercher le regard de quelqu'un pour ne pas avoir l'air seule. Elle plonge la tête dans son portable et voit défiler les vidéos des scènes qui sont en train de se produire sous ses yeux, Jade qui arrive, qui fait un V avec ses doigts, qui danse dans les bras de Léo. Tout est en double, en boucle, en réel et en virtuel à la fois, en images, et pourtant c'est là, elle ne sait plus à qui se fier dans cette stéréo numérique.

Léo est entraîné par un groupe d'amis au centre du salon où quelques personnes dansent, avec Jade qui a fini par rejoindre la piste. Léo s'approche d'elle, lui sourit, la prend dans ses bras, ils font un selfie, ils répondent à un snap.

Mais Sacha, soudain, s'arrête de respirer. Elle considère, horrifiée, la personne qui vient d'entrer en scène. Sa mère ! La voici qui fonce dans la pièce et la fouille du regard. Elle se précipite vers une fille qui lui ressemble puis une autre et une autre encore. On dirait des clones, se dit Ariane qui observe l'ambiance : ceux qui boivent en réalisant des stories, ceux qui sourient en prenant des selfies, ceux qui assis sur les canapés se contentent de regarder leur portable.

Les ados la voient et la jaugent, un peu gênés de cette effraction dans leur univers : cette adulte qui n'est pas de leur monde les regarde avec perplexité. Sacha en profite pour s'éclipser. Sidérée par l'intrusion de sa mère dans son univers, elle cherche encore le regard de Léo, mais il ne semble plus du tout lui prêter attention. Elle se cache dans un coin, rouge de honte et de confusion.

Le père de Léo arrive, cheveux longs et barbe de trois jours, et il sourit, heureux et surpris de revoir Ariane, rencontrée lors de la réunion de parents d'élèves !

— Comment vas-tu ? demande Jérôme. Je ne pensais pas te voir à la soirée de mon fils.

— Désolée de venir à l'improviste... Alors, c'est toi le père de Léo ! Ça fait une heure que j'appelle Sacha et pas de réponse, j'étais folle d'inquiétude... Elle est ici ?

— Oui, ne t'inquiète pas. Pourquoi ne pas rester cinq minutes, et se raconter un peu nos vies ? L'autre jour, tu as fui...

Ariane hésite, se laisse convaincre par son sourire engageant, affectueux. Il l'entraîne vers la cuisine, où ils s'installent devant un verre de vin. Ils se regardent, soudain, comme il y a vingt ans, quelque chose n'a pas changé, dans ce monde, et il semble bien que ce soit eux. Parents, adultes, vieux déjà, mais toujours les mêmes. Lui, sympathique et avenant, tendre et calme, sûr de lui, un peu arrogant, et elle encore incertaine, réservée et curieuse.

— C'est joli chez toi, dit Ariane. Depuis quand tu es là ?

— J'étais à Londres, puis à New York. Je suis rentré pour mon fils, dit Jérôme. Après mon divorce, je n'avais pas le choix. C'est important d'être présent pour Léo. Je devais être près de lui. Je l'ai une semaine sur deux, je me suis battu pour ça, ça m'a coûté cher. Mon fils, c'est tout pour moi, mais il me reste pas mal de temps pour mes créations. Une semaine je suis artiste et une semaine je suis là pour Léo…

— C'est… un peu bizarre, non ?

— Pour moi, oui, mais les enfants, ça ne les dérange pas, ils ont l'habitude de zapper, ils ne s'attachent pas, sauf à leur portable. Et Léo est très content, c'est tout ce qui compte. Je lui ai acheté un iPhone XR et la PlayStation.

— On achète bien les enfants !

— Et toi, parle-moi de toi, que fais-tu ?

— Je travaille dans le marketing digital pour une boîte et là on vient juste de décrocher un gros contrat, dit Ariane. Je suis très contente mais c'est beaucoup de boulot…

Elle ressent soudain une forme de lassitude.

— Bon, il faut que j'y aille, dit-elle. Il est tard.

17.

En voiture, Ariane renonce à parler avec Sacha dont les yeux se remplissent de larmes. Au vert, elle ne parvient pas à redémarrer, le moteur de sa voiture a calé, elle est tétanisée. Une voiture klaxonne, elle sursaute et finalement avance, un œil sur son portable pour vérifier qu'elle n'a pas rêvé ni inventé toute cette histoire, l'ancienne ou la nouvelle, l'histoire de sa vie. Elle tente de s'adresser à Sacha mais sa fille reste silencieuse, prostrée sur le siège, le regard dans le vide.

— Je ne suis pas un chauffeur de taxi, dit Ariane, et même si je l'étais, je mériterais un peu plus de considération.

— Quoi ? Qu'est-ce qu'il y a ? C'est toi qui te prends pour un Uber. D'abord, pourquoi t'es venue me chercher comme ça devant tout le monde ? Comment t'as pu me faire une chose pareille ? Je suis morte de honte, ce que tu m'as fait, c'est pire que tout.

— J'ai reçu des notifications de la part de Qustodio et je m'inquiète pour toi.

— De quoi ? demande Sacha.

— De ce que tu prépares.

— Mais de quoi tu parles ? dit Sacha.

— Tu sais bien.

— Mais je ne sais rien. Je ne comprends rien à tes allusions.

— Je sais que tu veux faire une fugue.

— Quel rapport, une fugue ?

— Tu te mets en danger, Sacha… et en tant que mère, je dois te protéger contre toi-même et contre ceux qui te veulent du mal.

— Tu me saoules, dit Sacha.

— Je t'interdis de me parler comme ça. Tu entends ? Et à ce sujet, il faudrait qu'on ait une discussion, toi et moi.

— Tu crois vraiment que c'est le moment ?!

— Mais oui, c'est le moment.

Mais l'attention de sa fille est ailleurs. Elle regarde Instagram, et les stories qui défilent sur l'anniversaire, il y a une ambiance folle et gaie, tout le monde s'amuse, danse et rit, s'enlace et boit.

Elle commençait justement à prendre du plaisir, à se détendre, elle avait même réussi à échanger avec des gens qu'elle ne connaissait pas, et puis : il y avait Jade. Sacha vient de quitter la soirée la plus fameuse de l'année !

— C'est ta faute, crie-t-elle à sa mère. T'es venue tout gâcher, tu es la source et la cause de tous mes problèmes, tu me harcèles, j'ai beau faire des efforts, tu vois, je te déteste !

— Je suis désolée, dit Ariane, je pensais que tu avais disparu.

— Disparu ? Mais disparu où ?

— Je ne sais pas, moi.

— Mais tu es vraiment folle, en fait.

— Qui est le jeune homme avec qui tu étais ?

— Qu'est-ce que ça peut te faire ?

— Ce que ça peut me faire, dit Ariane, c'est que je t'interdis de le voir.

— Quoi ? Mais de qui tu parles ?

— Solal. Ce garçon, je ne lui fais pas confiance et je ne veux plus que tu le voies, c'est bien compris ?

— Solal ? dit Sacha, au comble de la surprise. De quoi tu parles ? Mais je suis pas avec Solal !

Elle se replonge dans les stories de Jade. Elle l'aperçoit qui se rapproche de Léo. On voit, bien en évidence, la montre Wellington qu'elle a pris soin de taguer. Puis ils s'embrassent, devant tous ! Sacha regarde la séquence, elle a du mal à respirer, elle est prise de haine et d'angoisse, de déception et de désarroi.

Tout comme Emma, qui de son lit peut suivre la soirée en direct, depuis l'arrivée de Jade jusqu'au moment fatidique du baiser. Elle se met à suffoquer, soudain elle se sent prisonnière de cette relation et de ce garçon. Elle n'y comprend plus rien : le dimanche qui a précédé la soirée, Léo était venu avec son groupe scout pour l'aider à nettoyer une clairière ravagée par une avalanche de déchets, dans une banlieue parisienne. Toute l'après-midi, ils avaient ri et chanté, Léo faisait semblant de garder des trésors trouvés parmi les morceaux de plastique, de bouteilles cassées, de canettes de bière ou de Coca, comme s'ils étaient des chercheurs d'or au milieu des poubelles éventrées. Qui aurait fait cela pour elle ? Quel sentiment l'avait guidé sur ce sentier qui n'était pas le sien ? Au milieu des déchets et des immondices, il avait exhumé une vieille bague en fer et avait fait une demande solennelle en s'agenouillant devant elle avec ses gants et sa visière. Alors, elle s'était mise à y croire et lui avait accordé sa confiance. Elle ne comprend pas d'où lui vient ce désir de le voir alors même qu'elle le hait. Elle se sent trahie, salie et prise pour une imbécile dans ce jeu qui ne la fait plus sourire. Entre douleur, désespoir, rage et résignation, elle est perdue. Alors elle le fait. Elle prend son portable et bloque Léo sur les réseaux et toutes ses messageries. Puis s'écroule en larmes.

18.

De retour chez elle, Ariane se sert un whisky, c'est tout ce qu'elle trouve pour se remonter le moral, elle aurait voulu revenir au temps de son adolescence, où elle n'aurait jamais osé dire quoi que ce soit à ses parents, où sa fille n'était pas encore née, où son mari n'était pas son futur ex-mari. Elle aimerait oublier les messages que ce dernier échangeait sur AttractiveWorld quand elle était enceinte de Sacha, et qu'elle avait lus, le cœur en morceaux. Du temps où elle était libre d'aimer, du temps où elle était libre. Il ne lui reste que sa fille, son univers, son seul amour, pour laquelle elle s'est battue et a donné tout ce qu'elle avait, son enfant née d'un rêve et qui pourtant ne rêve que d'une chose, c'est de s'éloigner d'elle.

Combien de vies, d'histoires d'amour, combien d'années, de cœurs désolés, combien de joies, de peines, de fantasmes, d'espoirs brisés… D'enfants qui n'ont rien demandé et se retrouvent à payer si tôt, si jeunes, la folie des adultes. Combien d'appartements habités, investis, déménagés. Combien d'amis rencontrés et perdus de vue et ceux auxquels elle ne pense plus.

Ariane revoit le passé comme on jette un bref coup d'œil dans le rétroviseur. Jérôme, elle l'avait rencontré avant le père de Sacha. Ils avaient vingt ans, ils étaient étudiants en histoire de l'art, ils s'étaient parlé pour la première fois lors d'une soirée chez des amis, un studio qui débordait de gens jusque dans les escaliers, ils avaient discuté en haut des marches, elle l'avait regardé et il ne l'avait pas lâchée des yeux. Ils avaient eu du mal à se retrouver : à cette époque, il n'y avait pas de portables, mais ils étaient arrivés à se revoir, ils s'étaient donné rendez-vous pour un café sur la place, s'étaient plu, revus, reçus, avaient déambulé dans les rues du Quartier latin, s'étaient embrassés, sur les bancs de la fac et au jardin du Luxembourg. Ils s'étaient adressé des billets doux, des lettres d'amour, dont ils décachetaient les enveloppes avec fébrilité, et qu'ils lisaient et relisaient pour le plaisir, ils étaient partis en vacances dans des auberges de jeunesse ou dans l'appartement des parents en leur absence, ils passaient leurs appels depuis les cabines téléphoniques en PCV, révisaient les examens, courbés sur les livres et les cahiers noircis de leur écriture penchée jusqu'au petit matin, se retrouvaient à la bibliothèque Sainte-Geneviève, écoutaient Serge Gainsbourg et s'accordaient des escapades à Cabourg. Ils auraient pu continuer ainsi longtemps mais un jour, par lassitude et manque d'envie ou d'entrain, ou simplement car ainsi va la vie, il était parti poursuivre ses études à New York, avait été reçu dans une école artistique, elle était restée à Paris pour faire un master dans le marketing. Et voilà que soudain il surgissait tel un bel inconnu, pourtant bien connu. Pourquoi ces moments lui revenaient-ils, lorsqu'il l'emmenait dans sa petite R5 à la fac, lorsqu'il venait la chercher, et aussi lorsqu'à la fin de leur relation elle avait dû lui rembourser la moitié du loyer qu'il payait pour l'appartement dans lequel ils vivaient après qu'il l'avait exigé ? Quelle déception elle avait éprouvée et combien elle l'avait méprisé ! Mais tout ça était loin, c'était une autre époque, un autre monde. Tout avait tellement changé autour d'eux que même le passé semblait irréel.

Il y a vingt ans, ils n'avaient ni ordinateurs ni portables, ni réseaux sociaux ni mails. Le soir, ils allaient au cinéma, ou bien ils louaient des DVD ou des cassettes vidéo chez Vidéosphère dans le Quartier latin, ils se rendaient aux ciné-clubs pour découvrir des grands classiques et des films d'auteur. Le dimanche, ils ne faisaient pas grand-chose car tout était fermé. Souvent ils assistaient à des conférences sur toutes sortes de sujets, qui donnaient lieu à des conversations et des débats. Parfois ils ne faisaient rien. Absolument tous leurs amis étaient réels, ils existaient et ils se voyaient. Pour écrire, ils avaient du papier, des cahiers, une plume, un stylo, pour chercher un livre ils fréquentaient les bibliothèques. Des petites choses lui reviennent. Quand on demandait une adresse dans la rue à un autochtone, et qu'il fallait retenir toutes les indications. Quand un long fax arrivait sur un papier roulant qui dévalait jusque sur le sol, en faisant un bruit de moteur vrombissant au milieu de la nuit. Quand elle dansait des slows dans des boums sur la musique de *La Boum*, sur l'interminable « Hotel California » et sur « Angie ». Quand on demandait : « Tu veux sortir avec moi ? » Quand c'était le quart d'heure américain et que les filles pouvaient inviter les garçons. Quand la télévision trônait dans le salon, avec son écran bombé et ses trois chaînes, TF1, Antenne 2 et FR3, par ordre d'importance. Quand il fallait développer les pellicules des appareils photo, cela prenait du temps, on allait les déposer chez le photographe, parfois il arrivait même qu'on oublie de venir les chercher. La victoire de François Mitterrand bien sûr, le visage dévoilé progressivement sur la télé noir et blanc. Ces téléphones gris avec un cadran rond au cliquetis caractéristique, dans lequel on insérait l'index pour faire les numéros, ce tourne-disque pour écouter les 33 tours de Joe Dassin, Jean Ferrat et le fameux « J'ai une maison pleine de fenêtres » d'Anne Sylvestre.

Même le paysage urbain n'est plus le même. Les maisons n'ont plus de fenêtres : pourquoi regarder dehors ? À la terrasse des cafés, dans les trains, les bus, les métros, les gens contemplent leurs portables. Dans la rue, Sacha marche avec ses AirPods enfoncés dans les oreilles, la tête penchée sur son téléphone. Plus qu'à nous vendre un monde, un génie du marketing a réussi à nous vendre à un monde. Désormais, tout est marché. Son esprit est marché. Ses sentiments sont marché. Elle évolue dans un système économique qui capte ses désirs, instaure ses propres règles et annihile son libre arbitre sans même qu'elle en ait conscience.

19.

Après la soirée, chacun attend un signe, et consulte son portable pour vérifier l'arrivée du message, une fois, deux fois, trois fois… cinquante fois par jour. À l'affût d'une nouvelle, dans une attente fébrile, constante. À la terrasse des cafés, seuls ou avec des amis, sur le qui-vive. Dans le silence, ils sentent leur téléphone au fond de leur poche et guettent la vibration. En prenant leur douche, en se brossant les dents, en se coiffant, en s'habillant, le dispositif posé sur le lavabo. Et le soir, ils s'endorment après l'avoir consulté, le matin, ils le saisissent avant même d'avoir ouvert l'œil, pour voir si ce n'est pas arrivé. Mais quoi, au juste ?

Sacha attend un sms de Léo qui ne vient pas. Solal, un message de Sacha, mais celle-ci ne lui répond plus et il a du mal à comprendre pourquoi. Jade voudrait un signe de Léo, qui ne lui écrit pas car il ne pense qu'à Emma qui semble avoir disparu, et pour tromper son impatience, il écoute Nekfeu.

Sur Terre, sept milliards d'êtres humains
Peut-être trois milliards de filles mais c'est toi qu'j'veux

Seule Ariane a reçu un message de Jérôme qui l'a invitée à la terrasse du Rostand, en face du Luxembourg, leur lieu de prédilection quand ils étaient étudiants. Un café à l'ancienne avec des boiseries et des tableaux, du velours pourpre et du zinc. Jérôme était souvent en retard et Ariane, en avance. Pour leur premier rendez-vous, elle s'était amusée à lui glisser un billet avec trois adresses à trois heures différentes : *Dame à la Licorne, musée de Cluny* ; *Chez Angelina* ; *Jardin du Luxembourg devant la statue de Balzac*, soit à 15 heures, soit à 18 heures, soit à 20 h 30. Lorsqu'elle était arrivée dans la salle de la Dame à la Licorne du musée de Cluny à 15 heures, il l'attendait. Aujourd'hui, il est impossible de rater un rendez-vous : on annonce son arrivée à la minute près, et quand on y est, on réécrit un sms pour dire qu'on est arrivé.

Ariane s'inquiète et regarde sa montre. Va-t-il la retrouver au bout de ce long couloir du temps ? En a-t-il sincèrement envie, toutefois ? Pour patienter, elle consulte Google, et tape « mon ado »… Plusieurs entrées apparaissent, selon l'ordre des demandes classées par Google : *Mon ado fume, mon ado me ment, mon ado me rejette, mon ado ne veut pas partir en vacances avec nous, mon ado est addict aux jeux vidéo, mon ado regarde du porno.*

Elle clique sur celui qui retient son attention : *Mon ado me manque de respect, dois-je m'inquiéter et comment dois-je réagir ?*

Lui répondre, le punir, c'est le braquer et le perdre, mais ne pas réagir, c'est se laisser dominer par lui. Elle est un peu perdue avec Sacha et ne sait pas comment s'y prendre. Doit-elle la priver de wi-fi ou, dans un élan pédagogique, la féliciter pour ses efforts lorsqu'elle est dans sa chambre, pâmée, comme shootée, telle une droguée qui vient de se gaver de sa dope ? Doit-elle sévir ou doit-elle encourager ? Faut-il se montrer dure et intransigeante ou être compréhensive, conciliante et miséricordieuse ?

Dès que l'ado montre les dents, regardez-le bien dans les yeux et levez-vous pour lui montrer que vous n'avez pas peur. Ne fuyez surtout pas, il pourrait prendre cela pour une marque de faiblesse et en profiter pour attaquer. Si l'ado se met à crier, surtout ne paniquez pas, ne montrez aucun signe de faiblesse, tendez un bras pour le maintenir à distance et parlez-lui d'un ton calme et ferme, tout en l'incitant à rester où il est. Restez sur vos positions et ne battez pas en retraite, en tout cas pas immédiatement. S'il choisit la fuite, impressionné par votre assurance, ne le poursuivez pas, laissez-le partir et profitez-en pour vous abriter, de votre côté, en attendant qu'il ressorte de sa chambre. Ce sera alors le bon moment pour l'apprivoiser.

Ariane relit ces conseils, avec attention. Comment est-ce possible ? Les ados sont-ils des animaux sauvages ? A-t-elle peur de sa fille ? Et comment en est-elle arrivée là ?

Jérôme arrive sur un vélo électrique orange fluo. Les cheveux longs, rasé de près, et cet air enfantin qui ne l'a pas quitté. Il l'embrasse, sort son portable, le consulte, le pose sur la table, le remet dans sa poche.

— Tu vas bien ? dit-elle, en observant ce curieux ballet.

— Très bien, scurit-il. Désolé pour le retard. Tu étais là depuis longtemps ?

— Oh non, ne t'inquiète pas.

Il ne sait pas très bien quoi faire, il commande deux cafés, la regarde, lui demande comment elle va. Un peu gênés, ils se parlent de leurs enfants. Léo et Sacha, quel heureux hasard, cet enchaînement d'événements qui ne dépend pas d'eux mais qui les réunit finalement. Y a-t-il quelque chose qui se trame entre eux ? L'histoire se répéterait-elle à leur insu ?

— Léo, je ne sais pas ce qu'il fait. Il ne me raconte pas tout. Il a sa vie. Je le respecte. En tant que père, je reste à ma place.

— Moi, Sacha... je ne sais pas non plus, je la vois à peine, elle est tout le temps dans sa chambre. En fait... C'est pas facile, elle est en pleine crise d'adolescence, c'est parfois violent, elle me déteste et me fuit, et de mon côté, je n'ai plus de temps pour moi, je n'arrive même plus à partir en vacances, je la prends en juillet, et en août, elle va chez les parents de mon ex-mari dans le Sud. C'est un âge difficile, je me demande s'il s'agit de dompter des fauves ou d'éduquer des enfants.

— C'est pas simple... Tu arrives à communiquer avec elle ?

— Quand je lui parle, elle se renferme, me regarde avec haine, et ne manifeste plus aucune tendresse, sauf le soir quand parfois elle s'angoisse et demande : « À quoi sert la vie ? »

— Et à l'école ?

— Elle a des difficultés, même si elle a toutes les capacités pour réussir. Elle n'aime pas ses profs parce qu'ils la démasquent lorsqu'elle ne fait rien. Mais elle s'en fout de rater son année ou de ne pas avoir ce qu'elle veut sur ParcourSup. D'ailleurs, elle ne sait pas ce qu'elle veut. J'ai l'impression qu'elle est comme ahurie. Elle ressemble au personnage de

Bartleby, de Herman Melville, qui dit constamment : « Je préférerais ne pas le faire. »

— C'est l'âge. Léo aussi se replie sur lui-même… Parfois il me parle mal. Je suis obligé de sévir.

— Oh moi, si tu savais. On dirait qu'elle ne me supporte plus et qu'elle prend le contre-pied de ce que je dis, par principe. Il faut toujours qu'elle argumente. Tout l'énerve. Le matin, le midi, le soir, chaque mot que je prononce. Elle crie, elle hurle ou elle se tait, mais une conversation normale, ça elle n'en est pas capable.

— Tu lui dis qu'elle ne doit pas te manquer de respect ?

— Parfois je me fâche et je la punis, en lui confisquant son portable. Ça la rend encore plus déprimée. Lorsque j'essaye de me rapprocher d'elle et de parler de choses et d'autres, elle ne répond pas et ça crée une sorte de malaise.

— Fais attention. Je connais une amie qui avait des difficultés comme toi. Un jour, tout a basculé. Sa fille l'a insultée, l'a traitée de folle et elle a fini par la mettre dehors… Sa fille est partie chez son père, et… elle n'est plus revenue.

— Tu veux dire qu'elle ne l'a plus jamais revue ?

— Elle ne l'a plus jamais revue.

— Quoi ? Mais c'est horrible ton histoire !

— Oh non. Tu prends les choses trop à cœur.

— Ah, tu crois ?

— Depuis mon divorce, je fais du yoga et pas mal de méditation.

— J'aimerais bien, moi aussi, dit Ariane. Ça me ferait du bien. Sinon… Tu peins en ce moment ?

— Je suis sur une expo, j'ai laissé tomber la peinture, j'ai découvert la sculpture, ça ouvre des perspectives infinies. Mon expo aura lieu dans un mois rue de Seine, tu es invitée bien sûr, ça me ferait un immense plaisir que tu viennes.

Il y a un silence.

— Je regrette ces années, sans doute les plus heureuses de ma vie, dit Jérôme, à brûle-pourpoint.

— Les plus heureuses de ta vie ? Pourtant, à la fin, on se disputait.

— À la fin, on se dispute toujours. Mais les débuts, il faut se rappeler les débuts… C'est comme en art, tout jaillit au début, après c'est du travail.

— Moi aussi je garde un bon souvenir de ces années d'études… Pourquoi on s'est perdus de vue, finalement ?

— On ne sait plus très bien… À cet âge, on ne voit pas les conséquences… Tout paraît plus léger… Alors raconte-moi un peu ta vie, dit-il en la regardant avec intensité. Mariée, séparée, divorcée ?

Puis, au moment où elle va se confier :

— Désolé mais je dois répondre, dit-il en saisissant son portable. C'est Léo, je dois le prendre.

20.

Léo veut prévenir son père qu'il est chez Jade et qu'il rentrera tard. Celle-ci tient à lui montrer les vêtements et les objets qu'elle a reçus, elle ouvre les colis devant lui. Une avalanche de lingerie, de nuisettes, de maillots de bain, de parfums et de maquillages qu'elle entasse pêle-mêle sur son lit, sans même y prêter attention.

— Alors, tu en es où avec Emma ?

— Emma… dit Léo. Elle ne veut plus me parler. J'ai l'impression que je l'ai perdue. Elle a vu les stories de la soirée.

— Tu l'as dit toi-même. Vous n'avez rien en commun. Comment veux-tu que ça marche ?

— Elle m'a bloqué. Je suis triste.

— Pauvre chéri… Je peux faire quelque chose pour toi ?

— Non. Rien. C'est toi qui as tout gâché avec tes stories.

— Tu m'en veux ?

— Je ne sais pas… J'ai une impression de…
— De ?
— De manque.
— Toi ?
— J'y pense souvent, j'aimerais la revoir. Je n'aime pas rester sur un échec.
— Tu es amoureux, Léo.
— Mais non, je ne suis pas amoureux.
— À ta façon, autant que tu peux l'être… Sans y croire et sans espoir, puisque tu n'es pas capable d'aimer. Mais amoureux quand même.
— Je ne suis pas amoureux, je suis simplement… épris.
— Quelle est la différence ?
— La différence, c'est que je la veux et dès que je l'aurai, ce sera fini.
— Comme les autres ?
— Comme les autres.
— Mais elle te résiste et ça t'énerve.
— J'aimerais trouver un moyen de la joindre.
— Contacte-la par Instagram.
— Elle m'a bloqué.
— Eh bien… Attends, j'ai une idée…

Jade prend son téléphone, ouvre l'application et crée un nouveau compte, cherche la photo d'une jeune fille, en trouve une qui lui convient, et tend le portable à Léo.

— Voilà. Tu n'as plus qu'à lui écrire, maintenant, grâce à ce faux compte.

Il prend le portable, réfléchit un instant, puis le rend à Jade qui lit son message à voix haute : *Emma, pourquoi tu m'as bloqué ? Je suis vraiment déso si je t'ai vexée, j'aimerais grave qu'on se revoie... Donne-moi une deuxième chance !*

— Tu l'aimes, Léo, dit Jade.

— Non, je suis juste énervé... Non seulement elle me résiste, mais elle me nargue.

— Je vois, dit Jade. Elle te mène par le bout du nez. Fais attention, c'est un jeu dangereux.

— Dangereux ?

— Tu pourrais m'y perdre.

— Je pourrais m'y perdre, aussi...

— Alors, arrête.

— Je ne peux pas... Je suis obsédé.

Jade le regarde, inquiète. Soudain, elle comprend que son ami est en train de lui échapper.

— Le nude de Sacha, tu me l'envoies ? demande-t-elle soudain.

— Tu me l'as demandé... Je l'ai fait, dit Léo, en s'exécutant. Tu voulais te venger, n'est-ce pas ?

— Merci Léo, dit Jade en considérant la photo sur son téléphone. Eh bien, je suis choquée. Qu'est-ce que tu lui as dit pour qu'elle le fasse ?

— Tu vas en faire quoi ?

— T'inquiète.

— J'ai des remords…

— Toi, des remords ? C'est bien Léo à qui je parle ?

Jade enrage d'assister aux élans de l'ancien séducteur converti en amoureux romantique. Elle tient à leur relation, bâtie sur la séduction et les confidences, quelque chose d'unique et d'exceptionnel, un jeu qui n'appartient qu'à eux, certes dangereux mais passionnant, qui lui permet de s'ouvrir à lui sans souffrir.

Mais cette fois, alors qu'il lui confesse à demi-mots son sentiment sans se l'avouer à lui-même, elle pense l'avoir perdu. Il ne s'intéresse plus à elle, ni à ses besoins, ni à ses rêves, ni même à ses stories, il n'a d'yeux que pour Emma qui n'a pas cinquante abonnés et pas une seule photo d'elle sur son compte.

— Je voudrais juste qu'elle me réponde. Qu'elle arrête de me bloquer.

— Je vois, dit Jade. Mais si tu l'avais, tu t'en lasserais et tu reviendrais à toi-même.

— Elle a répondu ? demande Léo en désignant le portable.

— Il n'y a que ça qui t'intéresse ? Elle n'a pas mordu à l'hameçon… Si tu veux joindre ton Emma, tu n'as qu'à lui envoyer une lettre. Et moi, je m'occupe de Solal.

— Solal ? L'amoureux de Sacha ?

— Je me suis rapprochée de lui… On s'écrit sur WhatsApp, presque tous les jours. Sacha le délaisse en ce moment, c'est triste, tu ne crois pas ?

— C'est à cause de toi, Jade.

— Quoiqu'il, je l'ai consolé.

— Vous vous êtes vus ?

— Bien sûr, il est venu chez moi, avec son violon. Un vrai petit prodige. Il a bien voulu que je l'aide.

— Que tu l'aides ?

— À devenir un influenceur.

— Sérieusement ?

— J'ai l'air de plaisanter ?

— C'est toi, Jade, qui es dangereuse, murmure Léo.

Et soudain, il a peur d'elle. Elle pourrait lui faire du mal, avec tous ses abonnés. Il suffit qu'elle fasse un post sur lui et sa réputation est faite, à jamais, d'une façon indélébile. Il la craint comme amie, mais il redoute plus que tout de l'avoir comme ennemie.

21.

Il fait grand soleil rue Jean-de-La-Fontaine où se trouve le Conservatoire. C'est bientôt l'été, les vacances, les gens déambulent dans les rues avec nonchalance. Des fleurs roses et blanches parsèment le sol, emmenées au gré du vent qui fait bruisser les feuilles des arbres dans un mouvement de balancier. La jeune fille regarde son portable. Pour une fois, rien ne s'affiche, sauf la météo qui annonce 25 degrés. Elle lève le nez au ciel, la lumière est belle en effet, elle s'est bien préparée pour ce rendez-vous impromptu : un petit haut blanc, un jean troué et des baskets. Grâce à l'appareil photo de son téléphone, elle vérifie ses cheveux, son teint, son mascara et son rouge à lèvres.

— Jade, dit Solal, surpris en la voyant, qu'est-ce que tu fais ici ?

— Surprise ! Je me suis dit que ça te ferait plaisir.

— Grave.... Viens on va sur les quais, ajoute-t-il en pressant le pas, comme s'il avait peur d'être vu avec elle.

— T'as des nouvelles de Sacha ?

— Aucune, je crois qu'elle m'a oublié.

— Je pourrais peut-être t'aider ? propose Jade.

— Comment ?

— Je peux la contacter et lui demander pourquoi elle ne répond plus... Je pourrais tenter d'en savoir plus et de plaider ta cause...

— Tu ferais ça pour moi ?

— On est amis, n'est-ce pas ?

— Oui...

— Je ne te connais pas bien, mais je t'aime beaucoup... vraiment beaucoup. J'aimerais vous réunir tous les deux, je trouve que vous allez si bien ensemble. Vous êtes vraiment faits l'un pour l'autre !

Jade joint le geste à la parole et envoie un message vocal à Sacha, qui répond aussitôt. Elle colle le téléphone contre son oreille puis se rapproche de Solal.

— Avec qui es-tu ? demande Sacha, méfiante.

— Solal.

— Il est avec toi ?

— Bah, dit Jade, je le console. Il est tellement triste de ne plus te voir. Alors par amitié pour vous deux, j'ai décidé de prendre les choses en main... Tu ne m'en veux pas ?

— Ah… par amitié ?
— Mais oui, dit Jade. Qu'est-ce que tu croyais ?
— Oh rien, rien du tout…
— Tu veux lui parler ?
— Écoute… je veux bien lui dire un mot.
— C'est génial, je te le passe ! dit Jade, en joignant le geste à la parole.
— Bonjour Sacha, dit Solal.
— Bonjour…
— Ça fait longtemps que j'ai pas eu de tes nouvelles.
— Ah… Désolée… Je suis dans le train avec ma mère.
— Tu vas où ?
— À Strasbourg, c'est éclaté.
— Sinon tu vas bien ? Je te vois plus.
— Moi non plus. Je pensais que tu m'avais oubliée.
— Oh non… Pas du tout. Je pense à toi.
— Moi aussi, murmure Sacha, émue.
— On fait une fugue ?
— Grave…

Lorsqu'il lui rend le téléphone, Jade s'avance vers lui, sa main glisse vers celle de Solal qu'elle attrape et pose sur son cœur.
— Cette histoire, dit-elle, me rend émotive.

Le soleil naissant caresse leurs visages, ils rient, complices, des enseignants du Conservatoire, des élèves, de la directrice qui est une vraie harpie.

— Tu continues l'an prochain ?

— J'aimerais bien, oui.

— Tu sais ce que tu vas faire ?

— J'ai demandé droit, et aussi une fac de musique. Et toi ?

— Je voudrais poursuivre ma carrière d'influenceuse, dit Jade.

— Super… Moi je suis sûr de rien… J'ai peur.

— Peur de quoi ?

— Peur d'avoir envie de rien. Et peur d'avoir envie de tout. D'avoir trop de choix et en même temps de ne pas en avoir.

— En vrai, je pense qu'il faut suivre sa passion.

— J'aime la musique.

— Tu voudrais jouer un peu pour moi ? Je suis sûre que tu peux devenir un influenceur dans ton domaine. Je peux te montrer comment augmenter ton nombre de vues, grâce aux algorithmes.

— Je ne suis pas sur Insta…

— Pourquoi pas… Il y a plein de musiciens sur Insta ! Comme Renaud Capuçon !

Jade lui montre sur son téléphone la page du violoniste où sont affichés ses tournées et ses voyages, au festival de Verbier, à l'Unesco où il a été nommé artiste de la paix, à Nice, à Rocamadour, à Salzbourg avec Martha Argerich et Daniel Barenboim, avec son ami le pianiste Bertrand Chamayou après l'enregistrement de leur disque (*Avez-vous un rapport avec Fernand Chamayou d'Aix qui est un ami de ma grand-mère ?*). En vacances, avec sa compagne Laurence Ferrari (qui n'a que 224 abonnés dans son compte privé, remarque Jade), au lever du jour dans sa Savoie natale : la vie de Renaud Capuçon est une vraie vie de rêve ! Il se déplace dans des endroits exquis, il travaille sans relâche, est parfaitement heureux en amour et en excellente compagnie avec les plus grands artistes du monde, à jouer Beethoven, Mozart et Chopin dans les auditoriums, églises et châteaux des villes les plus fabuleuses !

Solal sourit devant ce rêve inatteignable. Est-ce que Renaud Capuçon se dispute avec sa compagne, parfois ? Lui arrive-t-il d'être de mauvaise humeur ? Ses amis sont-ils toujours aussi élégants et sympathiques ou peuvent-ils le décevoir ? Est-ce qu'il s'entend bien avec toute sa famille sans que jamais ceux-ci ne posent de problèmes ? A-t-il des soucis de travail, de concerts annulés, d'épineuses histoires d'argent qui assombrissent ses journées, ou cela ne lui arrive-t-il vraiment jamais ?

Ils s'arrêtent un moment sur le pont Mirabeau, regardent l'île aux Cygnes et la tour Eiffel qui se dresse dans un ciel bleu parsemé de quelques nuages, comme sur une carte postale. L'eau bleutée scintille de mille et mille feux. Un bateau-restaurant passe sous le pont : un déjeuner d'entreprise arrosé de champagne. Une mariée pose dans une somptueuse robe blanche pour une photo avec son fiancé. Son voile fin et long tournoie dans le vent tel un grand oiseau blanc qui déploie ses ailes vers l'infini, elle le rattrape juste avant qu'il ne s'envole, mais il poursuit sa course et son mari vient à la rescousse, ils se perdent dans le voilage. Une story s'impose, Jade demande à Solal de la prendre en photo. Elle plisse les yeux, fait une moue et des V inversés avec les doigts, puis elle regarde ailleurs, l'air inspiré et profondément heureux.

Elle se penche au-dessus de l'eau, fascinée par la réverbération du soleil, attirée par son miroitement comme par un miroir, elle y perçoit le reflet de sa silhouette, elle prend des poses et se sourit, se penche pour mieux s'y voir au risque de tomber, des touristes en bateau-mouche la saluent, elle se redresse alors et leur fait un signe de la main. Solal la considère, Jade se sent belle et sûre d'elle-même, elle s'approche de lui et l'enlace, l'embrasse, et lui qui n'aurait jamais osé l'approcher, il en oublie Sacha, elle en oublie son téléphone et ils s'adonnent à quelques secondes de bonheur faux.

22.

Sacha est au bout de sa vie. Elle vient de voir la story de Jade avec Solal sur le pont Mirabeau avec un émoticône cœur ! Celui de Sacha bat la chamade : comment l'influenceuse a-t-elle obtenu les faveurs de son ami juste après leur conversation ? Elle se demande s'ils sont ensemble, et pour quelle raison cette fille a réussi à capter les deux hommes qui s'intéressent à elle. À cause d'elle, Sacha a déjà perdu Léo, et maintenant Solal, que Jade ne connaît qu'à travers elle. Soudain, lui vient une idée : pourquoi s'intéresse-t-elle à elle, au fond ? Et que cherche-t-elle exactement ? À quel jeu joue-t-elle ?

Elle se cale dans son siège, dans le train qui l'emmène vers Strasbourg, à son corps défendant.

— Super vacances, marmonne-t-elle. Tout le monde va au soleil, à Dubaï, à Palma, en Grèce, bref dans des destinations de rêve, Clara Marz est à Mykonos, Danaemakeup est à LA, Mayadorable est à Ibiza, Jade Soussan à Tel-Aviv, Ilana Cohn à Cannes, les Kardashian sont partout, et moi ?

— Qui sont ces gens ? demande Ariane, assise à côté d'elle.

— Mais tu connais pas les Kardashian, sérieux ?

— Non, dit Ariane.

— Peu importe. Moi j'ai droit aux pires vacances du monde, et je ne vais pas pouvoir en tirer une seule story alors que mon algorithme est en pleine explosion grâce à Jade.

— Je ne comprends rien à ce que tu dis, Sacha. Tu peux essayer de parler français ?

Pendant le trajet, Sacha parvient à se connecter, les Kardashian sont sur un yacht, Kendall Jenner à Malibu, Clara Marz est en robe de soirée en pleine journée dans les rues de Mykonos, Danaé se dandine dans une robe décolletée jusqu'au nombril. Quant à LenaMahfouf, auteur du best-seller *Léna Situations*, elle court toute bronzée sur une plage tropicale dans un maillot qu'elle a conçu elle-même en partenariat avec la marque Jennyfer en se demandant comment diable elle a fait pour accomplir tout ça en si peu de temps, elle dont le rêve a toujours été d'avoir un sac Chanel et de voyager dans le monde entier. Post qui obtient 145 353 likes et 456 commentaires tels que : *t'es vraiment une source d'inspiration, surtout ne change pas, je te kiffe, t'es la best, tu dégages une énergie qui correspond (à quoi ?), t'es pas qu'une simple personne sincèrement, t'es un modèle pour nous tous, où qu'on soit, qui que l'on soit, on a tous des rêves et des projets peut-être un peu fous, et toi t'es là pour nous dire, si moi j'ai réussi, tu peux aussi, tu m'inspires tellement que moi-même j'y crois pas, moi aussi je rêve d'avoir un sac Chanel, tu me motives à faire de mon mieux, moi je voudrais devenir chanteuse, on a le même rêve pour le sac Chanel, c'est dingue ! pour réussir il faut avoir un but dans la vie.* Parmi les 400 commentaires, Sacha écrit « merci Léna, t'es la fille qui m'inspire le plus au quotidien ». La fille qui l'inspire est déguisée en Reine des neiges à Disneyland avec des sacs Dior, Prada, Chanel, etc., à Mykonos habillée d'un tissu blanc, à la plage encore dans une robe de bain en train de déguster un verre de rosé, à Disneyland à nouveau déguisée en Hello Kitty, dans sa chambre en train de ranger son maquillage, à Cannes, sur la plage, puis sur une autre plage, et une autre plage encore, puis devant une piscine, tantôt à Los Angeles, Coachella, en Corse, à Ibiza.

En arrivant à la gare de Strasbourg, elle en veut à sa mère de l'avoir emmenée dans un endroit aussi laid. C'est ici qu'Ariane est née par un jour froid de décembre, elle a grandi rue du Général-Rapp, non loin du parc du Contades où sa mère la promenait dans sa poussette et où, plus tard, elle aimait faire du vélo. Sa scolarité a commencé à l'école primaire

Saint-Jean, s'est poursuivie au collège Foch avant qu'elle n'entre au lycée Kléber. Elle tente de partager ces souvenirs avec sa fille, mais Sacha n'a rien à faire de ce passé ni du passé en général et encore moins du nom de ces rues et de ces personnages qui n'évoquent rien pour elle, elle considère sa mère d'un air poli tout en consultant les stories sur Instagram, elle est ailleurs, elle est perplexe depuis qu'elle a vu Jade avec Solal et il n'y a plus que ça qui l'intéresse.

Ariane l'emmène visiter la grande cathédrale qui domine la ville et la Petite France aux jolies maisons à colombages, mais tout ce que veut sa fille, c'est le wi-fi. Elle ne regarde plus dehors, elle ne voit rien. Elle est en manque. Elle se sent mal, défaite, déprimée. Elle est contente de rendre visite à ses grands-parents mais au bout de cinq minutes, elle s'affale sur le canapé, l'air déprimé. Son regard s'éclaire lorsqu'elle remarque qu'ils sont ensemble, se tiennent la main, et respirent un art de vivre à l'ancienne, quelque chose d'humain et de durable, dans ce monde volatil et instable.

— Vous êtes trop beaux, dit-elle, émue. Je vous aime trop ! Alors racontez-moi un peu, vous faites quoi ?

— On a vu une série absolument géniale, dit sa grand-mère. Il faut absolument que tu la voies. Et comment s'appelle-t-elle, déjà ?

— Où tu l'as vue, Mamy, cette série ?
— Sur Netflix !
— Quoi ? Vous avez Netflix ?

Soudain elle trouve la Livebox, et tout s'éclaire : elle respire, elle sourit, elle bondit, elle revit ! Il ne lui en faut pas plus pour être heureuse. Dès lors, elle ne veut plus sortir, plus rentrer à Paris, plus rien faire. Remplie d'images, elle est comblée.

Ariane finit par la convaincre de sortir se promener sur la place. Elles se rendent dans la librairie Kléber où sa mère allait, enfant, un vrai paradis pour elle qui aimait lire et découvrait les œuvres comme des trésors. Mais Sacha est en émoi pour d'autres raisons : elle a aperçu un youtubeur : tout excitée, elle se précipite vers lui pour faire un selfie. Avec ses 7,6 millions de followers, ses vidéos de conseils sur le sport, Tibo InShape est une célébrité. Doté d'une musculature impressionnante, il a les cheveux sombres et les yeux noirs, avec un joli sourire et une belle énergie. Dans ses vidéos on peut voir ce qu'il mange, steaks, nuggets, pâtes, œufs durs, pommes, bananes et bien sûr beaucoup d'eau pour compenser le régime hyper protéiné. Il donne des cours de musculation, mais il réalise aussi des vidéos avec sa fiancée, ses amis, dort chez un abonné, mange une pizza XXL. Est-ce qu'il pourrait faire une photo avec elle ? Le jeune homme s'exécute avec force gentillesse. Il a visiblement l'habitude qu'on l'arrête à tous les coins de rue. Sacha est en joie. Immédiatement, il faut la poster. 256 likes. Un succès !

Ariane montre à sa fille une boulangerie où l'on fait encore les pains au chocolat et les pâtisseries qui ont marqué son enfance, ce qui lui plaît, non pour les manger mais pour les photographier.

— Instagrammable !

Instagrammables, les gâteaux, les jolis cœurs en pain d'épices, les devantures des magasins, la Petite France avec ses maisons à colombages ; pas instagrammables, la cathédrale, les musées, les peintures, les sculptures, les moulures, les dorures. Instagrammable, le bateau qui les mène sous les douves, dans les vieux quartiers de la ville où fleurissent les géraniums à chaque balcon, mais pas instagrammables les géraniums, pas instagrammable le palais de l'Europe, trop laid, et puis ça sert à quoi ? Instagrammable, le grand parc de l'Orangerie aux grandes allées bordées d'arbres ; pas instagrammable le petit jardin du Contades où les enfants jouent dans les bacs à sable. Instagrammables, les bars de hipsters sur la Petite France, les boutiques-hôtels du centre ville, les allées piétonnes où circulent les gens ; pas instagrammables les winstubs, les vieux restaurants gastronomiques, les bières, les choucroutes, les tartes aux quetsches, les linzertartes et les flammenküches.

Instagrammables, les chats croisés au détour d'une ruelle : ils sont rois sur ce réseau, Instagram est leur royaume, des millions de photos de félins sont publiées chaque jour, certains comptes de chats atteignent plus de followers que les Kardashian, les chiens sont moins populaires. Instagrammables les visages, les mains, les doigts, les pieds ; pas instagrammables les corps, la chair, la cellulite. Instagrammables les concept stores ; pas instagrammables les grands magasins. Instagrammables, la mer, les lacs, les fleuves ; pas instagrammables, la montagne, les vallées, la campagne. Instagrammables, les piscines, les avions, les billets d'avion ; pas instagrammables les banlieues, les trottoirs, les supermarchés. Instagrammables les concerts, pas instagrammables les pièces de théâtre. Instagrammables les pots de crème, les parfums, le maquillage, les habits, pas instagrammables l'acné et les boutons. Instagrammables les buddha bowls, les assiettes bien présentées, les plats *veggie*, les légumes verts, pas instagrammables les plats du terroir, les viandes, les légumes rouges. Instagrammables les bébés, pas instagrammables les vieux. Instagrammables les beaux, pas instagrammables les moches.

Mais qu'est-ce qui est beau, qu'est-ce qui est laid ? Instagram a introduit de nouveaux standards qui modèlent les imaginaires selon des critères précis, les orientant de façon implacable selon des lois mystérieuses que tous respectent tacitement, sous peine de ne pas être instagrammable.

Sacha : instagrammable. Ariane : pas instagrammable. Pourquoi ? Sa robe n'est pas à la mode, elle ne prend pas la pose, elle ne possède pas les codes, elle ne sait pas mettre des hashtags, ni des mots clés, ni des photos « inspirations », ne connaît pas les boomerangs, les coups de cœur, les votes, les sondages, les questions, poster, liker, poster, liker, poster, liker. Le pire c'est d'être ridicule, c'est de vouloir en être mais sans rien y comprendre, et de toute façon Ariane est trop vieille pour être instagrammable.

Le soir, Ariane reçoit un appel d'Antoine, son ex-mari, qui veut parler à sa fille. Sa fille ? Quelle fille ? Elle semble désormais faire partie des communicants digitaux, des community managers, des instagrammeurs, des humanoïdes, pas des enfants. Tout en lui répondant, Ariane lit un message WhatsApp de Jérôme qui prend de ses nouvelles, avec en pièce jointe un carton d'invitation pour son exposition. Ariane lui répond qu'elle sera ravie de venir.

Jérôme lui demande comment se passe le retour sur les lieux de son enfance, Ariane lui écrit qu'elle est contente de retrouver ses parents, Antoine lui demande par texto où est Sacha, pourquoi elle ne l'appelle pas, ne répond pas à son téléphone, Ariane lui conseille de lui envoyer un snap ou un message sur Instagram, puis elle répond à Jérôme avec un petit émoticône en forme de cœur auquel il répond par un émoticône grand sourire. Il dit à Ariane qu'il se réjouit de la retrouver bientôt, ça lui a fait plaisir de la revoir, il pense beaucoup à elle. Jérôme lui fait suivre le lien d'un film qui s'appelle *Serependity* accompagné d'un émoticône qui fait un clin d'œil, Ariane lui écrit qu'elle l'a vu, en même temps elle pianote sur son téléphone pour rechercher des chaussures, Antoine insiste pour avoir Sacha, Ariane reçoit une notification de BFM au sujet d'un skieur qui a été pris dans une avalanche dans les Alpes. Elle fait savoir à Jérôme qu'elle aussi serait heureuse de le revoir, la vie parfois est pleine de surprises, tout en se connectant sur LinkedIn au sujet de sa demande de poste, elle s'empresse de lire le contenu du mail et de répondre positivement au rendez-vous qu'on lui propose, mais reçoit un message d'Antoine qui lui écrit « de l'espoir ? », elle s'aperçoit alors qu'elle a envoyé à son ex-mari le dernier message destiné à Jérôme ! *Je serais heureuse de te revoir, la vie est parfois pleine de surprises, de choses que l'on n'aurait pas prévues, de regrets qui donnent de l'espoir…*

Ariane tremble, rougit de s'être trompée de destinataire, elle a honte et honte d'avoir honte, elle préfère ne plus rien écrire, elle voudrait se déconnecter de tout, hors Tinder, WhatsApp, Facebook, Insta. Être hors du monde. Elle est devenue une boîte de réception de centaines de messages par jour. Sous tension, embrumé, son esprit ne peut plus se concentrer sur une activité, il lui faut répondre et renvoyer toute la journée, comme dans un match de tennis sans fin. Lecture, réponse. Action, réaction.

23.

Depuis qu'elle est de retour à Paris, Ariane ne parvient pas à dormir. Elle ouvre l'application qui lui permet de surveiller sa fille, et s'aperçoit que Sacha est sur Instagram.

En effet, à trois heures du matin, la jeune fille est dans son lit, devant la dernière story de Jade ; tout comme Léo, Emma et Solal, spectateurs captifs de la Diva qui se met en scène dans une boîte à Ibiza en compagnie d'un jeune homme brun, et annonce, transportée de joie : *Coucou les petits loups, du coup, je me suis habillée pour la soirée, j'ai mis un peu de noir à l'intérieur de la muqueuse en mode œil de chat, j'ai pris le sac Lancel et les chaussures Louboutin que j'adore, j'en ai reçu hier mais je ne suis pas du tout partenaire de la marque, et là je vais rejoindre les autres, j'ai trop envie d'acheter un maillot de bain de chez Calzedonia parce qu'il fait trop beau, on a nagé, c'était super bien, non en fait, c'était pas top, y avait trop de vagues et j'ai pas du tout aimé, suivez-moi, là j'arrive dans la boîte, waouw je suis trop excitée, et ah sinon j'oubliais, je voulais vous présenter Enzo, mon nouveau copain, Enzo, dis bonjour à la caméra ! Voilà, les présentations sont faites...*

— Tu ne dors pas, Sacha ? demande Ariane.

— Non...

— Mais il est tard...

— J'ai pas classe demain, c'est dimanche, dit Sacha. Et toi, tu fais quoi à cette heure-ci ?

— Je n'arrive pas à dormir...

— Pourquoi ?

— Je suis... au bout de ma vie !

Une vie qui n'a pas de sens, entre mère et fille. L'une penchée, tordue presque sur son écran, l'autre prise par le monde technologique dont elle se méfie sans pouvoir s'en passer.

— Ça va pas, Maman ?

— Un petit moment de découragement, dit Ariane en s'asseyant près de sa fille. Ça va passer. Et toi, ça va ?

— Ben non...

Sacha a les larmes aux yeux.

— Qu'est-ce qu'il y a, ma chérie ? dit Ariane, en la prenant dans ses bras.

Ça fait si longtemps qu'elle n'a pas eu sa fille si proche qu'elle paraît enlacer une étrangère, presque une ennemie...

— C'est cette fille, Jade, dit Sacha en sanglotant. Elle m'a tout pris. Je ne comprends pas ce qu'elle me veut.

— Elle est jalouse…

— Jalouse ? Mais de quoi ? J'ai aucune vue sur mes posts, elle en a des centaines de milliers !

— Parfois on est jaloux des gens pour d'autres raisons. Tu es plus jolie qu'elle, par exemple, et elle doit bien le savoir, ne serait-ce qu'à travers le regard des autres garçons.

— Je me sens trahie, dit Sacha. C'est pas juste… Léo, Solal, j'y suis pour rien, et j'ai rien fait contre eux. Au contraire, même… Et puis, tout ça ne veut rien dire pour lui ?

— Quoi ? Qui ?

— Ben Solal… Tout ce qui s'est passé entre nous…

— Il s'est passé quoi ?

— Rien, en fait, mais on avait quelque chose, quoi. On était potes. Enfin, je pensais. Mais je me trompais.

— Ma chérie, dit Ariane, en la berçant. En tout cas, tu peux compter sur moi. Tu le sais ?

Elles se laissent aller à ce moment tendre, sans penser à rien d'autre, pour une fois. Comme un trou dans l'espace et le temps qui les rapproche l'une de l'autre et leur donne la force de survivre.

Dans la nuit, une autre jeune fille ne dort pas. Elle a reçu une lettre manuscrite de Léo accompagnée d'une place pour le concert de Soprano, qu'elle lit et relit, à l'envi. Le jeune homme a pris sa plus belle plume :

Emma,

Je suis désolé si je t'ai vexée, j'ai été trop bête juste parce que je me sentais observé, mais en vrai, tout ce que je peux dire c'est que je cherchais à te protéger vis-à-vis d'une certaine personne. Mais j'ai eu tort, j'aurais jamais dû te faire de mal, ni te fuir. Je donnerais tout pour que tu me débloques. Je t'ai cherchée à la sortie du lycée, mais je ne t'ai pas trouvée. Je t'ai stalkée sur Instagram, sur TikTok ou sur Snapchat, mais tu n'es plus sur les réseaux. J'ai attendu en bas de chez toi mais tu t'es cachée ou quoi ? Si tu veux bien me pardonner ou même si tu ne veux pas, je te demande juste un rendez-vous, le dernier.

Léo.

PS. Et sache que je donnerais tout ce que j'ai pour ramasser les ordures avec toi.

Pour cette lettre, Emma est prête à se damner l'âme et le corps. À rester éveillée toute la nuit. À sortir et à danser seule. À sauter de joie dans sa chambre. À écouter toutes les chansons de Soprano jusqu'au jour du concert. À s'évader s'il le faut, à s'évaporer dans la nature et à disparaître sans explications. À l'aimer pour la vie ou pour une nuit. À perdre sa réputation, son innocence et sa virginité. À renier son éducation, sa culture et sa religion. À abandonner sa foi et à se consacrer à lui. À se marier, à avoir des enfants. À annoncer à ses parents qu'elle en a marre d'eux et qu'elle n'a qu'une envie, c'est de partir, aussi loin que possible, et surtout ne plus jamais les revoir. Et surtout, à leur raconter qu'elle dort chez son amie Élise et à suivre Léo, jusqu'au bout de la nuit…

24.

Une rumeur parcourt la salle immense et sombre où brillent les écrans de milliers de portables : en attendant que le rappeur arrive, la foule s'impatiente, c'est un rassemblement d'adolescents heureux, presque illuminés, une vague incommensurable qui se défoule gentiment, s'agite et siffle, le téléphone en main, prêt à dégainer, qui espère bientôt boire les paroles du rappeur, les chanter à tue-tête, se nourrir de son énergie, de son image simple, modeste, et pourtant de sa présence, sa prestance, son aura, ils sont là pour lui, seuls mais unis dans une même dynamique, pour le voir, l'aimer, l'adorer, l'aduler, les mains se lèvent, enfin l'impatience est à son comble, des sifflements retentissent, lorsqu'il surgit sur la scène !

Déjà ils se lèvent, se collent les uns aux autres, se fondent dans un même mouvement, un corps unique, immense Léviathan qui brandit une infinité de portables pour filmer le phénomène et poster les extraits sur les réseaux, le moment doit être immortalisé sinon il n'existe pas, sinon ils n'existent pas, ces garçons qui crient, ces filles qui dansent, et tous en transe dans la lumière bleue, rouge, blanche, en extase, en communion, au sein de cette cathédrale aux lueurs irréelles, ils sont en prière, guidés par le prêtre. Sur scène, Soprano est seul, ou alors avec quelques musiciens sous une décharge de LED et le public est en transe, hypnotisé par les sons et les lumières. Des vidéos sont projetées sur écrans géants, des rayons déchirent l'obscurité, la messe est grandiose et un peu diabolique, ou prophétique, puis ils disent :

Je te partage ma vie au lieu de la vivre
Tu me partages la vie des autres pour me divertir
Je ne regarde plus le ciel depuis que tu m'as pris

Léo poste des stories, reçoit des notifications, des messages WhatsApp, d'autres vidéos de ceux qui sont au même concert et qui ont créé un hashtag, et déjà apparaissent les danses sur TikTok, Facebook, YouTube, et aussi un message de Jade.

— T'es au concert avec Emma ??? écrit-elle.

— Oui, répond Léo avec un émoticône cœur, il ne peut pas mentir après avoir publié ces images.

— Mais tu sors avec elle ? demande Jade avec un émoticône visage perplexe.

— Non pas du tout (émoticône avec les yeux en l'air), mais je sens que je progresse et ce soir sera peut-être *le* soir (émoticône avec un visage gourmand).

Léo se rapproche d'Emma, lui murmure quelque chose à l'oreille, ils boivent une bière, ils sont gais comme des ados, ils chantent les chansons qu'ils connaissent par cœur, Léo poste encore une story d'eux. Il fait 5 853 vues avec des messages de félicitations, il prend cela pour un encouragement, il caresse la main d'Emma, elle est surprise, éblouie, aux anges, elle le regarde, amoureuse pour la première fois, les yeux étirés de bonheur, le sourire radieux, se pourrait-il qu'ils s'aiment ? C'est ainsi qu'elle l'avait imaginé, et c'est ainsi qu'il l'a souhaité, puisqu'il a tout prévu, même de l'embrasser au moment où le rappeur dit, *Elle avait ce regard innocent qui n'attendait que d'être aimé. Tous ces mots ont fini par la briser.*

25.

Sans un mot, Jade accueille Léo, et d'un geste glacial l'invite à la suivre dans sa chambre. Elle saisit son téléphone et lui montre les stories du concert.

Léo chante avec la jeune fille qui sourit, il la tient dans ses bras et l'embrasse, ils forment un couple parfait, on les admire, on les aime, les réactions en disent long. *Vous êtes magnifiques, t'es beaucoup mieux avec elle qu'avec Jade, elle est canon ta copine, on voudrait s'abonner à elle, comment s'appelle-t-elle ? Elle est fraîche, plus belle que Jade, t'as eu raison de changer. Bravo les amoureux, vous avez l'air bien tous les deux !*

— T'es donc avec Emma, dit Jade.

— Yes, dit Léo. C'est fait.

— Pourquoi t'as posté ces stories ?

— Pourquoi pas… dit Léo. Toi, tu t'es bien montrée à Ibiza, avec ton nouveau mec !

— Mais tu te rends pas compte ! s'écrie Jade. T'es avec une fille qui n'a aucun abonné sur Insta.

Ça te regarde. Mais est-ce que tu as pensé à moi dans cette histoire ? À ma réputation ? Parce que moi, je me suis engagée pour toi, j'ai mis des posts sur toi, tu as eu plein de followers grâce à moi, j'ai tout donné, j'ai l'air de quoi maintenant ? Tu te rends compte que j'ai une image !

— Mais calme-toi, dit Léo en la prenant par le bras, c'est pas grave, tu parles de ton image… Quand t'es partie à Ibiza, tu t'es affichée avec ce mec, j'ai cru que c'était ton copain, j'ai rappelé Emma, mais dans le fond, je ne te ferai jamais de mal, je tiens trop à toi, bébé… Je veux pas te faire souffrir. Tu sais bien que c'est toi que j'aime.

— Tu ne me fais pas souffrir, Léo, je suis bien au-delà de ça ! Mais tu me déçois. Je ne pensais pas que tu pouvais tomber aussi bas. Emma… ! C'est tout ce que t'as trouvé ? Vraiment ?

— Calme-toi ma beauté, dit Léo, c'est pas important pour moi… C'est juste un défi, tu sais comment ça a commencé…

— C'est ce que tu dis, mais toi et moi on connaît la vérité.

— Ben je pensais qu'on était amis… et là, j'ai l'impression que tu me fais une crise de jalousie.

— T'es avec elle, et on n'est plus ensemble. C'est moi que tu as friendzonée… J'ai été trop bête de croire dans cette amitié. Tu t'es bien joué de moi, en fait. Tu n'en as fait qu'à ta tête. Tu m'as menti et tu m'as trahie, et je ne te le pardonnerai pas. Tu sais, même si j'ai beaucoup de fans, je n'ai pas beaucoup d'amis, parce que je n'accorde ma confiance à personne. Je te l'avais donnée…

Léo est troublé. Il a peur de Jade, de sa colère, de sa vengeance, il sait le pouvoir qu'elle a sur Instagram. Alors il tente de l'amadouer, de calmer cette rage qui le dépasse et met en danger sa réputation.

— Mais calme-toi… On dirait que tu trembles. Tu sais bien qu'avec Emma, ce n'est qu'un jeu. Un défi, même. Je ne supportais pas l'idée qu'elle me résiste, alors je l'ai séduite. Maintenant, tout est fini.

— Ah oui ? Prouve-le-moi.

— Tu veux quoi ?

— Écris-lui que c'est fini.

D'une main assurée et sans l'ombre d'une hésitation, Léo prend son portable, regarde Jade qui tourbillonne dans sa chambre : la princesse exécute sa danse avant d'exécuter sa victime. Elle finit par reprendre place à côté de Léo, et plonge son regard dans le sien.

— Alors, dit-elle. Tu le fais ?

Léo prend son téléphone. Il le met en mode selfie et enregistre un rap, qu'il énonce d'un ton rageur et saccadé.

On s'ennuie de tout, ma beauté, et c'est pas mon problème.

Aujourd'hui je m'ennuie de notre petite love story, ça c'est ton problème.

Si j'ai eu le désir d'être avec toi malgré ton refus, et que les deux cessent en même temps, désir et refus, c'est pas mon problème.

Bien sûr je t'ai trompée, bien sûr, je voulais pas d'exclusivité, quoi, pour toi, c'était un problème ?

Aujourd'hui, une autre fille que j'aime plus que toi veut que je rompe avec toi, et ça c'est son problème.

Tu devras choisir un autre copain, puisque moi j'en ai une autre. Et si tu n'aimes pas ce conseil, ça c'est ton problème.

— Ça te va ? dit Léo.

Jade le regarde d'un air satisfait.

— Ça m'ira quand tu l'auras envoyé.

Léo tranquillement s'exécute.

— Tu es contente ?

— Non.

— Comment ça, non ? Je viens de briser le cœur de cette jeune fille, de te la sacrifier sans discuter et toi t'es pas contente ?

— On avait un pacte tous les deux, dit Jade, on pouvait séduire, oui. Mais là, c'est différent. C'est trop tard, Léo, le mal est fait et plus rien ne pourra l'effacer ! Ces posts, tu as vu ce qu'ils disent de moi ? De quoi j'ai l'air ?

— Mais non, ils disent n'importe quoi, dit Léo. Demain, ce sera oublié.

— Oh non, dit Jade, tu es bien placé pour savoir qu'il n'y a pas d'oubli possible. Je perds des abonnés à cause de toi. Ça ne m'est jamais arrivé, depuis que j'ai commencé ma carrière. Tu as voulu la guerre… Tu l'as. Maintenant, pars. Je ne veux plus jamais te voir, ni ici, ni ailleurs. Je te bloque, sur tous mes réseaux. Tu es mort, Léo.

26.

Une voiture Uber s'arrête devant la galerie rue de Seine. Ariane en sort, hésite, puis se résout à entrer pour le vernissage des œuvres de Jérôme. Elle s'est coiffée, lissé les cheveux, a choisi une robe à fleurs sur le site préféré de Sacha, a cherché ses escarpins puis les a trouvés dans l'armoire de sa fille, ainsi que sa palette de maquillage et son fond de teint, qu'elle n'avait plus utilisés depuis longtemps. Elle a retrouvé le goût de séduire, et s'en est fait la remarque. Pour l'occasion, elle a pris le temps.

Une foule se presse jusque sur les trottoirs mais personne ne s'intéresse vraiment aux œuvres exposées, des baskets géantes, certains sont sur leur téléphone, d'autres discutent. Jérôme devise avec des admiratrices, puis la voit, lui sourit, lui fait signe de s'approcher. Ariane se dirige vers lui, elle aussi voudrait le féliciter, mais quel est le sens de tout cela, au juste ?

— Je cherche à montrer combien le capitalisme a pris le contrôle de nos vies, jusque dans nos chaussures. Mon projet se veut une critique de la société de l'hyperconsommation qui a transformé les gens en produits. Il m'est venu en observant mon fils. Sa passion, c'est les baskets. Il en a cinquante paires... Il a commencé à les acheter, à les collectionner, puis à les revendre, car certaines sont très rares et prennent de la valeur. C'est ainsi que j'ai cherché à représenter l'espace mental qu'elles prenaient dans la vie de mon fils en les imaginant en grand.

Il l'embrasse, lui prend la main.

— Je suis si heureux que tu sois venue.

— Merci, dit Ariane. C'est étrange, d'être là, avec toi.

— Oublie le passé, dit Jérôme. Regarde vers l'avenir.

Des gens se pressent pour lui parler et c'est lui qui oublie tout.

Dans cet avenir, Ariane ne se voit pas. Elle se retrouve seule, elle observe Jérôme qui discute avec ses amis ou des gens qu'il ne connaît pas, et soudain se demande si elle le voit vraiment : le film de sa vie avec lui, qui défile en accéléré dans son esprit. Ils se seraient mariés, ils auraient eu des enfants, elle aurait été sa femme mais il ne l'aurait plus regardée, plus intéressé par sa réussite que par elle, ils se seraient disputés, puis séparés. Elle comprend alors qu'il n'est rien pour elle, juste un souvenir, un inconnu surgi du passé, un fantôme qui vient la hanter pour lui rappeler qui elle aurait pu être et la vie qu'elle n'a pas eue. Mais cette vie ne vaut pas mieux que la sienne.

Elle prend un verre de vin, la mémoire lui revient, ce n'est pas arrivé tout de suite, leur histoire s'est étiolée lorsqu'elle a compris qu'il n'était pas l'artiste qu'il prétendait être, mais un vendeur impitoyable. Et elle, quand s'est-elle perdue ? Quand a-t-elle renoncé à ses projets artistiques pour faire du marketing et de la communication ? Peut-être avait-elle du talent. Peut-être ne le savait-elle pas. Ou peut-être n'a-t-elle jamais eu le courage d'exposer. Elle aussi aurait voulu être une artiste, comme dans la chanson de sa jeunesse. Elle s'est remise au dessin, a repris des cours, mais elle n'aurait jamais osé montrer quoi que ce soit. Peut-être est-il temps de songer à elle aussi, indépendamment de sa fille ? Peut-être n'est-il pas trop tard pour le faire ?

Elle finit son verre, le pose, fait un petit signe de la main à Jérôme, s'éloigne à pas rapides, s'égare dans les rues de Paris. Elle est heureuse de ne pas retrouver son chemin, pour une fois. Ses pas l'emmènent vers le Quartier latin, elle longe le jardin du Luxembourg, sans regret, elle poursuit vers la place de la Sorbonne, où les étudiants prennent des cafés, le téléphone en main. La librairie des PUF où l'on trouvait tous les livres universitaires a disparu depuis longtemps, au profit d'un magasin de vêtements. Elle avance vers le boulevard Saint-Germain et les quais où coule toujours la Seine. Elle s'arrête pendant un moment et s'assied sur un banc, saisie par la beauté du paysage : le soleil se couche dans un savant dégradé de rouge, d'orange et de violet, ses rayons multicolores au crépuscule sont les plus beaux. Elle a toujours préféré le soir au matin. Le soir est sentimental et romantique car il est nostalgique et contient en lui tout le passé, en même temps que le rêve du lendemain. Le matin est pragmatique et brumeux. Le soir, on peut voir plus loin, au-delà des ponts, vers l'île Saint-Louis et Notre-Dame de Paris, fragile et éternelle, même après le désastre.

Elle passe devant les bouquinistes qui vendent leurs livres sur tout et rien, les affiches des films d'Audrey Hepburn, les mêmes que celles de sa jeunesse. On y trouve les œuvres complètes de grands poètes, Baudelaire, Rimbaud, Éluard, reliées. Sur un bateau amarré, des gens vêtus de blanc prennent une coupe de champagne avant de partir en croisière. On pourrait presque croire une ville marine, au bord d'une mer calme où les bateaux fendent l'eau, laissant un sillage mousseux, où les gens paraissent sur les transats, et les couples se promènent, main dans la main, s'enlacent et s'embrassent. Ce spectacle féerique est un luxe suprême et gratuit qu'elle ne s'était pas octroyé depuis longtemps, une respiration pour reprendre son souffle et le cours de sa vie.

27.

Sur son lit, Emma regarde l'Insta live de Jade, qui vient de commencer. Cette dernière se délecte déjà du plat qu'elle va servir ce soir. Elle a tout préparé, elle a prévenu ses fans, a annoncé qu'elle avait une révélation à faire, quelque chose qu'elle n'avait jamais dit avant. La caméra est posée devant elle. Elle a mis ses AirPods dans ses oreilles, des centaines de spectateurs sont maintenant branchés, à l'affût de ce qu'elle va dire, penser et « partager ».

— Voilà, je voulais rectifier quelques petits trucs, parce qu'en ce moment, je constate qu'on parle beaucoup de moi, et on veut me faire passer pour une menteuse, dit-elle avec naturel, comme si elle conversait avec des milliers d'amis intimes.

— *C'est de Léo que tu parles ?* écrit une internaute.

— Exact, c'est de Léo, alors voilà… J'ai promis que j'allais tout vous révéler et je le fais. Il m'a trompée, il a peur des conséquences, il ne veut pas assumer. Et maintenant il dit que c'est moi qui mens et qui l'ai trompé à Ibiza. Moi j'ai tout donné, je lui apporté des abonnés, de la visibilité, de la notoriété, bref j'ai fait ce que j'ai pu pour lui... Mais il est comme ça, Léo... Il prend et il donne rien. Et une fois qu'il a fini, il jette.

— *Je croyais que vous n'étiez plus ensemble*, écrit un internaute.

— Qu'on soit ensemble ou pas, répond Jade, c'est pas ça qui compte. Ce qui est impardonnable, c'est ce qu'il fait contre moi, et c'est la raison pour laquelle j'ai décidé de m'exprimer ce soir.

— *Pourquoi tu ne lui pardonnes pas si tu l'aimes ?* demande une internaute.

— J'ai pardonné à Léo, mais je rappelle à tous mes abonnés que je suis la personne qui l'a fait évoluer et l'a rendu tel qu'il est aujourd'hui. Voilà ce que je voulais dire dans ce live, c'est important pour moi de donner ma version des faits.

— *Est-ce que tu regrettes ta relation avec lui ?* demande un internaute.

— Je ne suis pas du genre à regretter quoi que ce soit, j'ai partagé beaucoup de choses avec lui, on a eu des moments fabuleux mais voilà, il n'est plus mon ami et comme il parle encore à ma communauté, je dois faire cette mise au point.

— *Est-ce que tu as trompé Léo à Ibiza ?*

— Je ne l'ai pas trompé, nous n'étions plus ensemble officiellement mais je partageais tout avec lui, ma communauté c'était sa communauté, mes abonnés sont venus vers lui, voilà, et j'ajouterais qu'en amitié comme en amour, je suis sincère et entière. Et je suis gentille et compréhensive, mais quand on me fait la guerre, eh bien, je ne me laisse pas faire.

Jade se tait pendant un instant, elle se concentre avant de poursuivre :

— C'est un sujet grave, sur lequel j'ai eu beaucoup de questions, et si je n'en ai pas parlé jusqu'ici, c'est parce que j'avais besoin de réfléchir et de me faire une opinion alors voilà, je me lance, le sujet c'est les nudes.

En général, les filles font des nudes parce qu'elles veulent séduire et se mettre en valeur, mais je dis que c'est pas en montrant son corps qu'on va réussir quoi que ce soit.

Alors voilà, je dois vous dire que selon mon opinion, qui n'engage que moi, je suis absolument contre. Je trouve ça nul, et c'est pourquoi j'ai décidé de m'exprimer sur ce sujet.

Elle reprend son souffle, paraît émue et poursuit :

— Voilà ce qui circule en ce moment, par respect pour la personne que j'ai floutée je ne vous dirai pas son nom de famille, mais je pense que cette fille, qui s'appelle Sacha, a fait une grosse erreur en se laissant photographier par Léo, comme Léo a eu tort de partager cette photo car il a révélé à tous qui il était... Oui, vous avez bien entendu, c'est Léo qui s'amuse à faire ce genre de choses, à prendre les photos des filles et à les publier ! Au nom de toutes les femmes, et des valeurs féministes que je partage, je vous dis que c'est en laissant faire ce genre d'action que l'on se fait avoir.

Une fenêtre s'ouvre sur l'écran, et Emma, le souffle coupé, voit apparaître une capture d'écran de Sacha dans le plus simple appareil, celle que Léo a faite à la demande de Jade et qu'il lui a donnée en gage et en trophée.

— Et c'est la raison pour laquelle je vous dis, inutile de faire les contorsionnistes ou de retenir votre respiration comme sur cette photo. C'est clair je pense, c'est nul, c'est bête, c'est laid ; et moi par exemple, je préfère mille fois les maillots de bain de chez Calzedonia, ça cache mais ça rend sexy, et les nudes, c'est exactement l'inverse.

Voilà, j'ai décidé de réfléchir à ces questions qui concernent le rapport que j'ai à mon corps et à mon bien-être en général. Ce que je pense fait partie d'une réflexion que je mène depuis un certain temps sur ma vie et sur la vie ; et je vous en ferai part bientôt, dans mon prochain vlog. À bientôt à tous, pour une story à venir sur le partenariat que j'ai fait avec Calzedonia pour créer mes propres maillots de bain, qui j'espère sauront bientôt vous séduire et feront le bonheur de tous sur les plages cet été ! Salut les amours !

28.

Emma éteint son portable, complètement sidérée par le live de Jade. Pourquoi s'est-elle laissée séduire par Léo, alors qu'elle ne le voulait pas et qu'elle savait que ce garçon n'était pas pour elle ? Par quelle folie les réticences et les barrières se sont-elles transformées en un goût prononcé, un désir irrépressible, une vraie passion ? Elle pensait qu'il avait changé, elle le croyait capable de sincérité ou, pire, elle s'était laissé convaincre que sous sa carapace il était capable d'aimer, mais il n'en était rien, cynique et calculateur, il s'est bien moqué d'elle.

Emma attrape son téléphone, appelle Léo mais l'émotion l'empêche de parler, elle bloque et débloque son numéro, elle lui écrit un message d'insulte, l'envoie puis l'efface, le supprime, le trouve inutile et pathétique, puisqu'elle ne le verra plus. Et se demande comment revivre, comment survivre, et comment faire pour ne pas en crever de chagrin ?

Comment s'empêcher de l'aimer alors que son émotion en dit long sur ses sentiments ?

Elle sort de chez elle, avance au hasard dans la rue, sans savoir où elle va, absorbée par la ville, aussi loin que possible, elle voudrait être ailleurs mais elle n'a nulle part où aller, alors elle arrive à un carrefour où il y a des cafés, cette place de Barcelone qui jouxte le pont Mirabeau, point de convergence des différentes routes, et le regard perdu, elle trouve un banc, se pose dessus, regarde les gens passer, les voitures tournoyer autour d'elle et la ville qui vit sans elle désormais, qui laisse les larmes couler et entend quelque part Orelsan chanter :

J'continue d'écrire sur une ville où j'habite pas
J'essaie d'être un homme bien mais j'suis plutôt moyen
J'crois qu'j'suis juste un génie du mal

Non loin de là, sur le pont Mirabeau, une autre jeune fille sanglote. Dès qu'elle a pris connaissance du live de Jade, son univers s'est écroulé. Ses amis, réels ou virtuels, ceux qui la suivent et qu'elle ne voit jamais, ceux qu'elle admire et qui la découvrent sous un autre jour, l'ont jugée et exécutée sans appel. Comme Lou, elle s'est mise à trembler sans pouvoir s'arrêter alors que les messages affluaient sur WhatsApp, iMessage,

Instagram et Snapchat en plus des 476 commentaires sur le vlog de Jade.

Quel courage t'es trop une inspi pour moi

C'est kan son bthday pq la c'est sa fête ☺

Dou vient son makeup jveux le mm mdr

Sacha tu te respectes même pas

Omg !!!!

T'as acheté ou ta beauté stp ?

Je m'inscris direct au compte de Sacha

Jade tu peux venir voir mon compte ?

La Queen ☺

Bonjour je suis un vieux de 40 ans mais je trouve cette vidéo très pertinente et ça m'empêche pas d'apprécier ce que vous faites vous les jeunes

Jade tu m'impressionnes t'as vraiment de l'inspi

Oh la mito je me désabonne d'elle

Et les commentaires sur Instagram, sur YouTube, le déferlement d'insultes : si on pouvait mourir de honte, elle en serait morte. Soudain, son regard est attiré par un commentaire… *Tout ce que vous dites est faux. Je connais Sacha et je l'aime.* Heureuse dans ses larmes, elle a des nouvelles de Lou. Désormais, c'est elle la victime du Net : insultes et regards méprisants, avalanches de messages moqueurs, questions déplacées, persiflages et appels au suicide. Sacha sait par sa mère que Lou en a fait une dépression, qu'elle a vu un psychologue qui l'a incitée à se concentrer sur ses études, et à se désintoxiquer des réseaux. Personne ne voulait le lui dire, tout le monde lui avait caché la vérité, mais c'était la raison pour laquelle son amie ne lui répondait plus, depuis le début. Elle avait fini par croire que Lou n'avait pas survécu à l'explosion de haine digitale, et à ses traces numériques indélébiles. Qu'elle avait mis fin à ses jours, et que personne ne parlerait plus d'elle. Lou est revenue mais c'est elle qui voudrait s'enfuir, partir, quitter la ville, loin de sa mère et de Solal, avec qui elle ne jouera plus de fugue et qu'elle n'osera plus regarder en face. Fou de haine et de regret, il a décidé de se venger. Il a filmé la scène et l'a envoyée dans une story. Il est allé voir Léo à la sortie du vernissage, Léo l'a vu, a eu le réflexe de s'éloigner mais le jeune homme s'est avancé vers lui, l'a saisi par le col et l'a frappé plusieurs fois. La scène a été filmée et partagée, elle est maintenant sur tous les téléphones, dupliquée, copiée, reprise, collée, comme une tornade invincible ; par la contagion de la curiosité, elle s'est viralisée.

La nouvelle s'est répandue et voilà Sacha doublement livrée en pâture à tous, cette multitude qui signifie la solitude, brûlée sur la place publique, cramée.

Au loin la tour Eiffel, et devant elle, sur l'île aux Cygnes, la petite statue de la Liberté peine à brandir son flambeau. Cette Liberté minuscule, atrophiée, désormais impossible. Et si elle plongeait pour oublier, se laver de la trahison, de l'abandon, de la mauvaise foi et ainsi mourir au fond de l'eau ? Sa mère avait-elle raison, qui voulait la protéger de la société ? Elle voudrait échapper à son influence, son éducation, son milieu, mais que lui réserve le monde adulte ? Et que lui est-il encore permis d'espérer ?

Elle s'est décidée. Qu'a-t-elle à perdre, désormais ? De rage, de désespoir, de colère, de résignation, elle prend son téléphone, retrouve le selfie de Jade, rouge et boursouflée, couverte d'acné, cette photo qu'elle s'était envoyée discrètement lorsque l'influenceuse la lui avait montrée. Elle la regarde encore une fois, sourit tristement, ouvre Instagram, et dans une nouvelle, dernière, ultime et retentissante story, elle le fait. Elle ne tremble plus, elle n'a plus peur, elle est déterminée. Elle publie la photo, avec le titre : *Jade en vrai*. Hashtag Jade. Hashtag Léo. Hashtag tous ceux qui veulent.

Après avoir accompli ce qu'elle devait faire, elle sait que le plus difficile est devant elle. Aura-t-elle le courage ? Elle en tremble, son cœur palpite, ses mains sont moites. Elle se penche et regarde l'eau sombre sans voir son reflet. Elle sait qu'il le faut maintenant qu'elle a pris sa décision, qu'elle n'a pas d'autre choix. Elle jette un dernier coup d'œil aux stories et aux photos, une manière de se dire au revoir et merci ! Elle s'arrête longuement sur une image d'Ariane et d'elle lorsqu'elle était enfant, toutes les deux vêtues de blanc, dans le même sourire. Elle disait à sa mère : « Toi et moi, on est la pareille. » Ces mots, cette image la transpercent, comme une fulgurance.

Alors elle le fait. Elle saisit son téléphone, et d'un mouvement sûr, prémédité, elle le jette, aussi loin qu'elle le peut, par-dessus le parapet du pont. En une seconde, l'appareil est englouti par les flots, et avec lui, tout son monde. Elle le voit disparaître dans la Seine, sous l'eau boueuse sans remous, qui se referme aussitôt après l'avoir avalé, noyé et perdu, il est déjà loin, en route vers le fond des marécages et des miasmes, dans l'abîme insondable.

Puis lentement, elle s'éloigne vers sa nouvelle vie, et regarde devant elle. Sur le pont Mirabeau, un jeune homme lui sourit.

Cet ouvrage a été imprimé
par CPI Firmin-Didot
pour le compte des éditions Grasset
à Mesnil-sur-l'Estrée (Eure)
en mars 2021

Mise en pages
PCA 44400 Rezé

PAPIER À BASE DE
FIBRES CERTIFIÉES

Grasset s'engage pour l'environnement en réduisant l'empreinte carbone de ses livres. Celle de cet exemplaire est de
450 g éq. CO_2
Rendez-vous sur
www.grasset-durable.fr

N° d'édition : 21997 – N° d'impression : 163574
Première édition, dépôt légal : mars 2021
Nouveau tirage, dépôt légal : avril 2021
Imprimé en France